徳間文庫

冒険入りタイム・カプセル

赤川次郎

徳間書店

目次

1　邪魔《じゃま》の入ったファーストキス

それは正に映画の一場面だった。

穏《おだ》やかな春の夜。鳥の声。広々とした庭園。その茂《しげ》みの陰《かげ》の、小さな暗がり。

草の上に座り込《こ》んで、羽佐間倫子《はざまみちこ》と、そのボーイフレンド、小池朝也《こいけあさや》は、黙《だま》り込んでいた。

黙り込んでいた、といっても、それはほんの数秒間——一分間だっていいが——のことで、それまでは、二人とも、機関銃《きかんじゅう》顔負けのスピードで、しゃべりまくっていたのである。

そして、何だか知らないけど、話が途切《とぎ》れ、ふと、二人を沈黙《ちんもく》が包んだ。

この「ふと」というところが大事なのである。

あんまりわざとらしくてもいけない。といって、話すことがついになくなって、仕方なく黙っちゃった、という感じでも良くないのだ。——やはり、あくまで、沈黙は「ふと」でなきゃいけない。

ついでにもう一つ、「ふと」が来ないと、事はうまく運ばないのだ。つまり、ふと、二人の視線が出会うのである。

まあ、暗がりの所に座ってるんだから、そんなにはっきり相手の目を見つめられるわけがない、とか、色々細かいことはあるが、ともかく、二人は見つめ合ったのである。

ここからキスまでには、理想的には五秒から七秒くらいがいい。短すぎると、「いつしか二人の唇《くちびる》は――」という感じじゃなくなるし、あんまり長いと、

「顔に何かついてるのかな」

という疑いを心に起させてしまう。

羽佐間倫子と小池朝也の場合は、二人の顔が接近し始めるのに五・五秒だった。まずは理想的といっていい。

こうなると、二人の顔の間の距離《きょり》は一キロもないのだから（当り前だ）、ほんの二、三秒で二人の顔は衝突《しょうとつ》することになる。

ただし、この場合注意しなくてはいけないのは、お互《たが》い、顔を真直《まっす》ぐのまま近づけると、鼻同士がぶつかってしまうことで、やはり、どちらか一方が少し顔を傾《かたむ》ける必要がある。

あんまり傾けても首の筋《すじ》を違《ちが》えるから、ほどほどでいい。

そして、キスするときは、普通《ふつう》、目を閉《と》じている。別に法律で定められているわけじゃないが、大体そうである。

このタイミングがむずかしい。

最初から二人が目を閉じていたらどうなるか。唇と唇がうまく出会わず、唇と鼻、唇とおでこ、といった組合せになって、具合が悪い。

といって、ギリギリまで目を開けていたら、目の前にグッと相手の目が迫《せま》って来て、恐怖《きょうふ》を覚えることになろう。じっと見ていたら寄り目になって、相手が吹《ふ》き出してしまうとも考えられる。

やはり、徐々《じょじょ》に近づくにつれ、少しずつ瞼《まぶた》を降ろして行く、というのが適当で、それなら、無気味《ぶきみ》でもないし、唇《くちびる》がとんでもない所に着陸する心配もないわけである。

羽佐間倫子と小池朝也の場合は、その点も理想的だった。

二人の顔は適切な角度に傾いて近づき、瞼は小刻《こきざ》みに震《ふる》えつつ閉《と》じられた。この「小刻みに震えつつ」が、情緒《じょうちょ》があっていいところだ。

カメラのシャッターじゃないのだから、ギュッと閉じるのは味も素気《そっけ》もない。

そしてもう二人の唇の間は、ほんの二、三センチ。あと一、二秒の内には、羽佐間倫子のファーストキスは達成されるところだった。

が——その瞬間《しゅんかん》、二人の頭上で、馬鹿《ばか》でかい声がしたのだ。

「倫子様！　お電話でございます！」

「ワッ！」

小池朝也はびっくりして飛び上った。

「全く、もう！　頭に来るんだから！」

倫子は、いまいましげに言った。

「な、何だい、今の声？　君のうち、庭にゴジラでも飼《か》ってるの？」

朝也がキョロキョロと辺りを見回しながら言った。

「違うわよ」

倫子は、ヒョイと立ち上ると、キュロットスカートのお尻《しり》を手ではたいた。「呼出し用のスピーカーがこの真上にあるの」

「ああ、びっくりした！」

朝也は、かなりショックだったらしく、胸を押《おさ》えて、目をパチクリさせている。そこへ、

「お嬢様《じょうさま》！　お電話です！」

と、前にも増して凄《すご》い声。

「今、出るわよ！」

と言い返して、倫子は、庭の遊歩道の傍《そば》に置かれた、ソクラテスの胸像の方へと歩

いて行った。

「おい、家へ戻《もど》るんだったら、逆じゃないの？」

と、朝也が声をかけると、倫子は振《ふ》り向いて、笑った。

「ここは私の家よ」

そして、ソクラテスの頭をポンと叩《たた》いた。パカッと、頭が開いて、倫子はその中へ手を入れ、電話の受話器を取り出した。

「はい、倫子です」

――初めて、この羽佐間家の広大な屋敷《やしき》へ招かれて来た朝也は、ただただ、唖然《あぜん》とするばかりだった。

さて――ここで時間を十五分ほど逆回ししてみよう。場所はもちろん庭園ではない……。


会議が終ると、誰《だれ》もがホッと息をついた。――いつもの通り、である。

羽佐間グループの四十に上る企業《きぎょう》のトップたちを集めて行うこの会議は、出席者たちの間で、ひそかに、

「羽佐間マラソン」

と、呼ばれていた。

ともかく、開会が午後一時で、閉会は一応五時の予定。

しかし、実際に終るのは、決って夜の九時を過ぎていた。

大体、企業のトップというのは、二十代、三十代の若者ではない。少しくたびれて来た五十代、六十代が中心だ。

その世代にとって、八時間の会議は、一キロのビフテキを無理に食べさせられるようなものだった。

だから、ほとんどのトップたちは、この会議の前日には休みを取って、体調を整えて来ることにしていた。

一番疲《つか》れていない――というより、会議の始まる前より元気そうにすら見えるのは、羽佐間栄一郎《えいいちろう》だけだ。

羽佐間栄一郎。――羽佐間グループの頂点に君臨する男である。

四十八歳《さい》の若さ、堂々たる体軀《たいく》、ヘリコプターで飛び回る行動力。

日本の経済人としても、異色の存在であった。

「みんなご苦労だった」

と、羽佐間は立ち上って、言った。「来月の会議には、もっと心楽しく席を立つようにしよう」

大会議室から、潮が引くように、人の姿が消え、後には羽佐間栄一郎と、秘書の小《こ》泉光江《いずみみつえ》が残った。

「やれやれ……」

羽佐間は腕《うで》を精一杯《せいいっぱい》伸《の》ばして、深呼吸《しんこきゅう》をした。「会議ってやつは不健康なもんだな」

小泉光江は肩《かた》をすくめて、

「今度は縄《なわ》とびでもしながらにいたしますか？」

と訊《き》いた。

羽佐間は笑って、

「君は面白い発想をするよ」

「社長ほどでは」

光江は言い返した。

年齢《ねんれい》は定かでない。若い、と見られているが、すでに、十年も羽佐間の秘書をつとめていて、その間、一向に老《ふ》けない。

「ロボットじゃないか」

などと噂《うわさ》されたりしていた。

均整の取れた体つきで、いかにもビジネス向きのグレーのスーツ。銀ぶちのメガネ。美人に違いないのだが、そのメガネを外《はず》した顔を見た者はいない、と言われていた。

秘書としての能力は、並外《なみはず》れていた。

とがない。

羽佐間の、分刻《ふんきざ》み、かつ錯綜《さくそう》したスケジュールが常に頭に入っていて、間違《まちが》えたこ
博識の人のことを、「ウォーキング・ディクショナリー」というが、それにならえ
ば、さしずめ、小泉光江は、「ウォーキング・コンピューター」というところか。

「お車が玄関《げんかん》に参っていると思います」

「うん」

いつもなら、羽佐間は、そのままさっさと会議室を出て行く。しかし、今日は、違
っていた。

また、元の椅子《いす》に腰《こし》をおろしたのである。

「――コーヒーを持って来てくれ」

「はい」

意外に思っても、口に出さないのが、良い秘書である。

光江は、机の上の電話へ手をのばした。

「二つだ」

と、羽佐間は付け加えた。

「――第一会議室にコーヒーを二つ」

それだけ言って、光江は電話を切った。

羽佐間が愉快《ゆかい》そうに、

「もうちょっと愛想のある頼《たの》み方はできんのか？　『お願いね』とか、『悪いけど』とか——」

「仕事以外のことでなら、ともかく、仕事でむだ口はききたくありません」

と、光江は言って、「——どなたかおいでになるんでしょう？」

と訊《き》いた。

「誰《だれ》か来る、と言ったか？」

「ですが、コーヒーを二つ——」

「君の分だ」

今度は光江もちょっとびっくりした様子だった。羽佐間は、自分のファイルを閉じて、

「これを後でキャビネットに戻しておいてくれ」

と、光江に渡《わた》した。

「はい」

光江はファイルを受け取って、「社長」

「何だ？」

「コーヒーを取っていただいたのはありがたいんですが、経費にしておいてよろしい

んでしょうか？」

「ああ、構わん」

羽佐間が、ちょっとびっくりしたように、「いくらでもあるまいが」

「ですが、一円でも不正は不正です」

羽佐間は声を上げて笑った。——光江は戸惑《とまど》いを見せた。

十年間、羽佐間の秘書をしていて、こんな笑い声を聞いたことがなかったのだ。

ドアが開いて、コーヒーが運ばれて来た。「ああ、ここに置いてくれ。ご苦労さん」

運んで来た女子社員へ、羽佐間は言った。「それから、あと十五分、この会議室に人を入れないでくれ。重要な打ち合せ中だ」

「かしこまりました」

羽佐間は、光江と二人になると、

「座れ」

と言った。

「はい」

「——そんな遠くじゃ顔も見えん。この隣《となり》の椅子《いす》に座れ」

光江は言われた通りにした。

「さあ、コーヒーが冷《さ》めない内に飲もう」

と、羽佐間はカップを引き寄せた。「ミルクと砂糖は入れるのか？」

「ミルクだけです」

「そうか」

羽佐間は、光江のカップにミルクを入れてやった。「やっと君のことが一つだけ分ったぞ」

「社長……」

これはどうやら、ただごとではないと察したのか、光江は椅子《いす》に座り直した。

「来週の予定を、全部、キャンセルしておいてくれ」

「――はい」

光江は肯《うなず》いた。

「休みを取る」

これこそ、決め手のパンチだった！

光江は啞然《あぜん》とした。――十年間、羽佐間は休むことを知らない男だったのだ。

ただ、七年前、妻を亡くしたときだけ、一日、会社を休んだ。その他《ほか》は、日曜日以外、休まない。

いや、日曜日だって、休んでいるのは半分ぐらいだったろう。

その羽佐間が、「休みを取る！」

「来週、ずっとでしょうか？」

「そうだ」

「かしこまりました。連絡《れんらく》しておきます」

やっと、光江の表情が、元《もと》に戻った。

「君も、この十年、よく働いたな」

「恐《おそ》れ入ります」

「一緒《いっしょ》に休みを取ったらどうだ」

光江は、少し表情をこわばらせた。

「社長」

「何だ？」

「それは、クビだ、ということでしょうか？」

「君は面白い辞書を使ってるらしいな。休みイコール、クビなのか」

「ですが――」

「しかし、この場合は当っている」

羽佐間は穏やかに言った。

「――分りました」

光江は、ゆっくりとコーヒーを飲んだ。「長い間、お世話になりまして――」

「これからの方が長い」

「は？」

「君は私と結婚《けっこん》するんだ」

光江は、二、三度瞬《まばた》きをした。

「――ご冗談《じょうだん》を」

「真剣《しんけん》だ」

「ですが――」

「いやか？」

「社長――」

「今は一人の男だ。社長は、よせ」

羽佐間は真剣な表情だった。

「はい」

微妙《びみょう》に違う『はい』だった。

「メガネを取ってみてくれんか」

光江は、じっと羽佐間を見ていたが、やがて、ゆっくりと手を上げて、メガネを外した。

羽佐間は、ホッとしたように微笑《ほほえ》んだ。

「君が承知してくれて、嬉《うれ》しい」

「社長——」

「社長はよせ」

「申し訳ありません。でも、私は——」

「君がメガネを取った! 夫以外の人間に、そんなことをするか?」

光江は、少し顔を伏《ふ》せ加減にして、

「いいえ」

と、小さな声で言った。「ですが——私のことを、何もご存知ありません」

「女だ、ってことさえ知ってりゃ充分《じゅうぶん》だ」

羽佐間はそう言って、「女なんだろうな?」

と訊《き》いた。

光江が笑い出した。羽佐間も笑った。

そして笑いが途切《とぎ》れたとき、ここにも、あの「ふと」が訪れたのである。

この「ふと」の後、二人の唇《くちびる》は近寄った。そして、ここには何の邪魔も入らなかったのである……。

2　三十年前の青春

「いやよ！」

と、倫子の声が、居間から飛び出して来た。「いや！　いや！　絶対にいや！」

そして今度は、声じゃなく、倫子本人が、飛び出して来たのである。

広いホールをぶらついていた朝也は、

「おい、どうしたんだ？」

と、倫子の後を追いかけながら、言った。

「冗談《じょうだん》じゃないわ！」

と、倫子はカンカンになっている。「私を何だと思ってるの！――いやだわ！　絶対にいや！」

階段を上りかけたところで、やっと追いつく。

「どうしたんだよ、一体？」

「全くもう……」

倫子は、手すりにもたれた。「聞いたでしょ、父のこと」

「再婚《さいこん》するんだろ?　いいじゃないか」

と、朝也は気軽に言った。「君らしくもないぞ。君のお父さんだって、まだ若いんだ。再婚に反対しちゃ気の毒だよ」

倫子が呆《あき》れたように、

「私がいつ、父の再婚に反対したのよ」

朝也が今度はびっくりした。

「だって、君、今、『いやだ、いやだ』って――」

「再婚のこと、言ってんじゃないのよ。私だって、父には奥《おく》さんが必要だと思ってるわよ!」

「じゃ、何が気に入らないんだ?」

「考えてみてよ!　あのね――私に、ハネムーンについて来い、って言うのよ」

倫子は拳《こぶし》を振《ふ》り回した。「冗談じゃないわ!　私を何だと思ってんのかしら?」

朝也は呆気《あっけ》に取られて、言葉もない。

「馬鹿《ばか》みたいじゃないの。あの二人がベタベタくっついてるのに、私は一人でポケッとして――。大体、夜だって、あっちは二人。こっちは一人よ。馬鹿らしくって!」

朝也は笑い出していた。

「仕方ないじゃないか」

「フン、誰《だれ》が行くもんですか」

倫子は、何やら思い付いたように、「そうだ！」

と、指を鳴らした。

「どうしたの？」

「二人のベッドに、一緒《いっしょ》に寝《ね》かせてくれるなら、一緒に行ってもいい、って言ってやろう！」

「おい――」

倫子はさっさと居間へ戻《もど》って行ってしまった。

朝也は、笑いながら、その後をついて行った。

「三題噺《さんだいばなし》、って知ってるか」

と、羽佐間が言った。

「三つ、何か題を出してもらって、それを使って話を作るんでしょ？」

暖炉《だんろ》の前に、倫子は寝そべっていた。

「そうだ」

羽佐間は、ロッキングチェアに、ナイトガウンを着て座っていた。

暖炉といっても、もちろん、今は火が入っていない。

倫子は、セーターとスラックスというスタイルだった。長い髪《かみ》、ちょっと小柄《こがら》ながら、スラリと長い足。いたずらっぽい、大きな瞳《ひとみ》。

羽佐間倫子、十六歳。

羽佐間の、一人娘《ひとりむすめ》にして一人っ子である。お父さんと二人の時間も、もうなくなるんだな、と倫子は思った。

「三題噺がどうしたの?」

「これで、何か作れるかな」

と、羽佐間は言った。「三十年。タイム・カプセル。——そして、殺人」

最後の言葉に、倫子はちょっと目を見張った。

「殺人、といったの?」

「そう、殺人だ」

「人殺しのこと?」

「そうだよ」

深夜、もう二時を回っていた。

殺人の話が出るのに、ふさわしい時間ではあったが……。

「ねえ、お父さん、それ、何の意味なの?」

と、倫子は深いカーペットの上に、仰向《あおむ》けになった。

「三十年前、私は十八歳だった」

「当然ね」

「高校を出るとき、三年生は、何か面白い企画《きかく》を立てよう、と話し合った。そして、色々、議論もあったが、結局、タイム・カプセルに、みんなめいめいが思い出の物を入れて、校庭に埋《う》め、三十年たったら、掘《ほ》り出そうということにしたんだ」

「面白い。——で、三十年目が、今年？」

「その通り」

と、羽佐間は肯《うなず》いた。

「掘り出すの？」

「来週だ。——ちゃんと学校にも確かめてある」

「じゃあ、ハネムーンの途中で？」

「立ち寄るつもりだよ」

倫子は、ちょっと眉《まゆ》を寄せた。

「でも——〈三十年〉と〈タイム・カプセル〉は分るけど、もう一つの〈殺人〉っていうのは？」

「それなんだよ」

羽佐間は、ゆっくりと一つ、息をついた。

「——失礼いたします」

振り向くと、メイドの容子《ようこ》が、寝ぼけまなこで、パジャマ姿のまま、立っている。

「どうしたんだ？」

「お電——話です」

欠伸《あくび》を間に挟《はさ》んで、容子は言った。
二十四、五の至って丈夫《じょうぶ》そうなメイドである。
「こんな時間に？」

「すみません」

「誰《だれ》だね？」

「言わないんです。ただ、どうしても、三十年前のことで、旦那様《だんなさま》に話をしたい、と」

三十年前？——倫子と羽佐間は、顔を見合わせた。

「よし、出よう」

羽佐間は立ち上った。

倫子も父について行った。

夜間は、一本の電話しか使わないのだ。

「——もしもし、羽佐間だ」

倫子は、父の表情が、少し固くなるのを見た。

「君は誰《だれ》だ？——おい！——もしもし！」

羽佐間は肩をすくめて、受話器を戻《もど》した。

「何だって？」

と、倫子は好奇心をむき出しにして、訊《き》いた。

「いや——妙《みょう》な電話だ」

なぜか羽佐間は、それ以上、答えなかった。そして、唐突《とうとつ》に、

「もう、遅《おそ》い。寝るか」

と言った。

「でも——三十年前がどうとか——」

「いつか話してやるよ」

羽佐間は、ちょっと急いで遮《さえぎ》ると、「じゃ、おやすみ」

と、手を上げた。

父が階段を上って行くのを、倫子はポカンとして見送っていた。

「話しかけておいて、やめるなんて！」

父らしくないことだった。確かに、父らしくない……。

「三十年。タイム・カプセル。殺人、か……」

三十年とタイム・カプセルは、すぐにつながる。でも、殺人というのは……。

絶対に聞き出してやるから！

倫子は決心した。決心したことは、たいてい、やってしまうのである。


「お嬢様、何ですか、これ？」

と、光江が言った。

「え？」

「そのメモ用紙です」

倫子は、つい、無意識に、メモ用紙に、〈三十年、タイム・カプセル、殺人〉と書いていたのだった。

「何でもないわ」

と、倫子は首を振った。「ねえ、光江さん。まだ私のこと、『お嬢様』なの？」

「来週にならないと、あなたの母親じゃありませんもの」

「相変らず、うるさいのね」

と、倫子は笑った。

昼休みの時間になっていた。倫子は今、春休みなので、父の会社へとブラリとやって来たのである。

「お父さん、まだ出て来ないのかなあ」

「お呼びしましょうか」

と、光江がインタホンに手を伸ばす。

「いいわ。別に急ぐわけじゃないから」

倫子は、明るい陽射《ひざ》しを一杯《いっぱい》に入れている広い窓へと歩いて行った。

オフィスビルの林が見える。いや、もう、それは森に近いかもしれない。

「――やあ、待たせたな」

と、父が出て来る。「来客だったんだ。昼飯でもどうだ？」

「そのために来たのよ」

「ちゃっかりした奴《やつ》だ。――君もどうだ？」

羽佐間は笑った。

と、光江に声をかける。

「約束《やくそく》がございまして」

「ほう。誰《だれ》と？」

「預金通帳です」

と、光江は言って、笑った。「銀行に用がありますの」

「そうか、じゃ、一時半に戻《もど》る」

と、羽佐間は言って、倫子の肩に手をかけた。

「——社長」

と、光江が声をかけた。「一時二十五分にお戻り下さい。来客の約束があります」

——羽佐間と倫子は、ビルの地下の食堂街にあるラーメン屋へ入った。

もちろん、倫子の希望である。

「もっと高い所にすりゃいいじゃないか」

「いいの。ラーメン、食べたかったんだから！」

倫子は澄《す》まして言った。「混《こ》んでるのね」

「安い店は混むさ」

——実際、店の入口には、席の空《あ》くのを待つサラリーマンが大勢、固まって立っていた。

「結婚式の方は？」

「準備は、あれがやってる」

「少しは手伝いなさいよ」

「やらせてくれんのだ」

羽佐間は、楽しそうに笑った。

ラーメンが来て、二人は食べ始めた。

「——お父さん」

「うん？」

「凄《すご》く若いよ、このごろ」

「親をからかうな」

と、羽佐間が苦笑した。

羽佐間は、店の入口の方へ顔を向けて座っていた。

表の通路を行く人の顔が見える。

「お父さん、例のタイム・カプセルの話、どうなったの？」

「あれか」

羽佐間は、アッという間にラーメンをきれいに食べると、スープを飲んで、フウッと息をついた。「——今夜でも話してやろう」

「絶対よ。結婚しちゃったら、当分は話してくれそうもないから」

羽佐間は水を一口飲んだ。そして——表の方へ目を向けた。

「あれは……」

「え？」

「いや——何でもない」

と首を振る。

そのとき、店の入口辺りが騒《さわ》がしくなった。

「おい、何だよ——」

「通してくれ……」

と、男の声がした。

人をかき分けて入って来たのは、浮浪者《ふろうしゃ》に近い、薄汚《うすよご》れた背広姿の男だった。

よろけるような足取りで、倫子たちのテーブルの方へやって来ると、

「羽佐間！」

と、絞《しぼ》り出すような声で言った。「羽佐間か！」

そして、そのまま男は倒《たお》れた。

倫子は息を呑《の》んだ。——男の背中に、ゆっくりと広がって来るしみは、明らかに血だったからだ。

3　気絶した娘《むすめ》

「まあ、人殺し？」

と、さすがに冷静さで知られる小泉光江も、ちょっとびっくりした様子で目を見開いた。

「そうなの！　私たちの見ている前で倒れたのよ」

倫子は、未《いま》だ興奮さめやらぬ面持《おもも》ち。

そりゃそうだろう。人が死ぬ――それも事故とか、病気じゃなくて、「殺される」ところを目の前で見るなんて、めったにあることじゃない。

もっとも、倫子は、怯《おび》えてはいなかった。むしろ喜んでいた――というと聞こえが悪いが、死者へ、適度な哀悼《あいとう》の意を表しつつ、

「凄《すご》い話のタネができた!!」

と、思っていたのである。

好奇心旺盛《おうせい》な世代の中でも、特にその傾向《けいこう》の強い倫子としては、無理もない反応《はんのう》で

あった。

「で、社長は？」

と、光江が秘書の顔に戻《もど》る。

「警察の人に話をしてるわ。やっぱり現場に居合わせたわけだものね」

「じゃ、一時半の来客には間に合わないかもしれませんね」

光江は、ちょっと心配そうに、机の上のデジタル時計を見た。

「ねえ、光江さん」

「何でしょう？」

「もう少し、詳《くわ》しい話を聞きたくない？」

光江は、ちょっと微笑《ほほえ》んで、

「仕事時間外に、うかがいます」

倫子はため息をついた。

「そうかなあ……。やっぱり大切なことだと思うんだけど。——その殺された男、お父さんの知り合いだったらしいし……。でも、まあいいけど」

光江が、さすがに眉《まゆ》を寄せて、

「お嬢様。今、何ておっしゃいました？」

「いいの。時間外にお話しするから」

光江は、ヒョイとメガネを外して、

「時間外です」

と言った。

倫子は吹き出してしまった。

「お嬢様、人が死んだというのに、不謹慎《ふきんしん》ですよ」

「ごめん。だって……」

と、倫子は笑いを抑《おさ》えながら、「――光江さんって、もしかして、羽佐間家の家風にぴったりの人かもしれないわ」

「どうしてです」

「変り者だ、ってこと」

「そんなことより、さっきのお話です」

倫子は、死んだ男が、倒れる前に、

「羽佐間！――羽佐間か！」

と言ったことを話してやった。

「社長のお知り合い……」

「でも、およそ、そんな風に見えなかったわ。見すぼらしい格好《かっこう》で。きっと、倒産《とうさん》した会社の社長さんだったのかもね」

「社長は何かおっしゃっていまして？」

「いいえ。だって、大変な騒ぎで、警官が駆《か》けつけて……。のんびり話なんかしてる雰囲気《ふんいき》じゃなかったのよ」

「そうですか……」

「きっと、戻《もと》ったら話してくれるでしょ」

と言ったのが合図だったかのように、ドアが開いて、羽佐間が入って来た。

「間に合ったな」

と、時計を見る。

「はい」

光江は、もうメガネをかけていた。

「お父さん、どうだったの？」

と、倫子が父の腕をつかんで訊《き》く。

「うん……。刑事《けいじ》に状況《じょうきょう》を説明してやったよ」

「そんなの分ってるわよ！　あの殺された人のことよ」

羽佐間は困ったように耳をかいていたが、やがてヒョイと肩をすくめると、

「中へ入ろう」

と言った。

社長室へ入ると、羽佐間は、窓辺に歩み寄って、外を眺《なが》めた。

「——知ってる人だったの？」

と、倫子が訊くと、少し間を置いて、羽佐間が肯《うなず》いた。

「昔だ。ずっと昔のことだ……」

「でも、どうして……殺されたのかしら」

「分らん」

羽佐間は首を振った。「誰《だれ》かに鋭《するど》い刃物《はもの》で刺《さ》されたらしい。犯人は分らない。——あのとき、店の入口はたてこんでいたからな」

「じゃ、あの中に犯人が？」

「いや……たぶん犯人はあいつの後を尾《つ》けて来ていたんじゃないかな。そして、彼が私に気付いた。——店の中へ入ろうとして、空き待ちの列へ割り込む形になった。もみ合っているとき、素早く刺したんだろう」

「そうか。きっとそうね」

倫子は肯《うなず》いて、「その人、お父さんに会いに来たの？」

「分らんな。たまたま通りかかって、私を見かけたのかもしれん」

「でも、それはおかしいわ。犯人は、その人がお父さんに会うのを止《と》めようとして、刺したんじゃないの？」

羽佐間は、ちょっと苦笑して、倫子を眺《なが》めた。

「お前は、そういうことになると、よく頭が回るな」

「お父さんの娘だもん」

と、倫子はやり返した。「――死んだ人、何ていうの？」

「石山《いしやま》、という男だ」

「どういう知り合い？」

羽佐間は、ちょっと間を置いてから、

「三十年前、タイム・カプセルに思い出の品を入れた仲間だよ」

と言った。

「社長」

インタホンから、光江の声がした。「M工業の大田《おおた》様がおみえです」

「警官がいるから、何かと思ったよ」

と、小池朝也が言った。

「正にあの場所で刺されたのよ」

と、倫子が得意気に言う。

正確には、倫子が得意に思う理由はないのだが、そこはただ、「知っている」ことが、特権の一つになる。若者の発想というべきだった。

二人は、あのラーメン屋を、通路を挟んで斜《なな》め前に見る喫茶店《きっさてん》に入っていた。

倫子が春休みなので、当然朝也の方も春休みで、時間を持て余していた。倫子から、電話一本かかると、いとも気軽にやって来たというわけである。

「君が食い逃《に》げでもして、警官が来てるのかと思った」

「失礼ね！」

倫子は朝也の足をテーブルの下でけとばした。朝也が悲鳴を上げる。

「あ、ごめんなさい」

と、女の子の声がした。

「え？」

朝也と倫子が顔を上げると、年齢はたぶん二人と同じくらいの、何だか垢抜《あかぬ》けしない少女が立っていて、

「すみません、人を捜《さが》してたんで、つい――」

と頭を下げる。「そんなに痛かったですか？」

どうやら、これは、朝也の悲鳴を、自分が足を踏《ふ》みつけたせいだと思っているらしい。

「いいえ、大したことないわよ」

と、倫子が手を振って、「気にしないで」

「すみません、本当に」

と、なおもしつこく頭を下げる。

何だか見すぼらしい身なりの少女である。セーターは、肘《ひじ》が抜けそうだし、スカートもしわくちゃ。靴《くつ》に至っては、かかとがすり減《へ》って、スリッパみたいになってしまっている。

しかも、髪など、ろくに手入れもしていないのだろう、いっそうやつれた印象を与《あた》えていた。

「すみません、どうも――」

と謝《あやま》りながら、二人のテーブルを離《はな》れた。

そして、カウンターの方へ行くと、

「あの、人を呼び出してもらえるんでしょうか?」

と、レジの娘に訊《き》く。

「店の中なら、自分で捜《さが》してよ」

と、ふてくされた顔のレジ係は面倒《めんどう》くさそうに言った。

「いいえ、この地下全体の呼び出しなんですけど」

少女の方は、よほど気が気でない様子。

「そんなの分んないわね。管理室にでも訊いてよ」

「それ——どこでしょうか？」

「捜したら？　大して広いわけじゃないんだから」

——聞いていた倫子が頭へ来た。

「ちょっと、あんた！」

と、レジへツカツカと歩み寄ると、キッと係の娘をにらみつけた。

「な、何よ、あんた」

「客がものを訊《たず》ねてるときに、その態度は何よ！　給料もらってるなら、それだけのことしなさいよ！」

倫子の剣幕《けんまく》に相手は恐れをなしたようだったが、少女の方は、オロオロするばかりで、

「あの——いいんです、私——自分で捜《さが》しますから」

と、ボソボソ呟《つぶや》くように言った。

「私、ついてってあげる」

と、倫子は少女の腕を取って、「小池君！　払《はら》っといて。——さ、こんな店、出よう」

と、通路へ出たものの、倫子とて、どっちへ行けばいいのやら分らない。

「訊《き》いて来てあげるわ。待ってて」

と、少女を残し、隣のソバ屋へ入って行った。

「すみません。あの、ちょっとうかがいますが――」

と、レジのおばさんへ声をかけた。

そこへ、

「おい、倫子！」

と、朝也の声が追いかけて来た。「大変だ！」

振り向いて、倫子は目を丸くした。あの少女が、ぐったりと床に倒れていたのである。


「――お腹《なか》、空《す》いてたのね」

と、倫子は言った。

しかし、これは言うまでもないセリフであった。少女の前には、チャーハンの皿《さら》二枚とラーメンのカップが二つ、空《から》になって、重ねられていたのである。

もう一枚の皿は、ギョーザだった。

「どうも、ご心配かけて済みません」

少女は頭を下げた。

ここは倫子の父の会社、その応接室の一つである。

倒れた少女を、倫子と朝也が二人してかつぎ込《こ》み、医者を呼んだら、

「こりゃ、腹が減って目を回したんだな」

と言われた。

そこで、出前を頼んだのだが……。

昼飯を抜《ぬ》いて来たという朝也の分も一緒に取ったのに、少女は全部平らげてしまった。朝也も、空腹なのを忘れて呆然《ぼうぜん》としている。

「いいのよ、ここ、父の会社だから、経費で落としちゃうわ」

と、倫子は言った。「一体、何日食べてなかったの？」

「丸三日です」

朝也が目を丸くして、

「俺《おれ》なら死んでる」

と言った。

「ねえ」

と、倫子は身を乗り出して、「誰《だれ》かを捜《さが》してたんじゃないの？」

「あ！　いけない！」

少女は口に手を当てた。「食べるのに夢中で……。父と待ち合わせてたんです。あ

の地下街で。でも、いつまでたってても、やってこないので、気になって」

「そうだったの。じゃ、もう一度行ってみる？」

「ええ。私、もう大丈夫《だいじょうぶ》ですから。本当にすみませんでした」

と、少女が立ち上る。

「いいわよ。一緒に行ってあげる」

倫子たちは、少女と一緒に廊下《ろうか》へ出た。「――私、羽佐間倫子、こっちは小池朝也君よ」

「どうも。私、石山秀代《ひでよ》です」

と少女は言った。「――羽佐間さん、ですか？」

「石山さん？」

二人は顔を見合わせた。――石山といえば、確か、さっき、自分の目の前で殺された……。でも、まさか……。

「羽佐間さんって、父がよく知ってる方にいらっしゃるんですけど――でも――」

石山秀代は言いかけて、ためらった。

「石山さん……。じゃ、もしかして、あなたのお父さん、私の父の所へ来るつもりだったの？」

「そうだと思います、はっきり聞いてはいないんですけど」

「あのね――」

どう話したものか、倫子が困っていると、

「おい、どうした」

と、羽佐間がやって来た。「どこへ行ったかと思ったぞ」

「お父さん。あの――こちらは――」

「羽佐間さんですか」

と、石山秀代は、ホッとした表情になった。「石山秀代といいます。父をご存知だと思いますが」

羽佐間は、ちょっと目を見開いて、秀代を見ていたが、すぐに状況《じょうきょう》を察したようだった。

「石山君の娘さんか！」

「あの、父がお邪魔していませんでしょうか？」

羽佐間は、ちょっと考えてから、

「こちらへ来なさい。話したいことがある」

と、秀代の肩に手をかけ、応接室の方へと連れて行った。

倫子と朝也は顔を見合わせた。

「ああいうことって、言いにくいな」

と、朝也が言った。

「うん……」

こういうことは、やはり父のような、経験をつんだ大人にしかできないんだ、と倫子は思った。

足音がして、振り向くと、光江がやって来るところだった。

「お嬢様、社長、こちらへみえませんでした？」

「応接室にいるわよ」

「まあ、お客様ですか」

「いえ、それがね——」

と、倫子が説明しかけると、応接室のドアが開いて、羽佐間が飛び出して来た。

「おい！　医者だ！　気を失っちまった」

やっぱり、お父さんでもだめなことはだめなんだ。と倫子は思った……。

4　死体の幻影《げんえい》

その校舎は荒《あ》れ果てていた。

使われなくなって、もう二十年もたっているという。――窓ガラスはほとんど残っていないし、あちこち、戸が倒れ、床《ゆか》が抜け、天井《てんじょう》は、雨が降る度《たび》に洩《も》るのだろう、あちこちにしみが出来ていた。

倫子は、廊下《ろうか》を歩いている。

一足毎《ごと》に、床板がキイキイと鳴るので、ギクリとさせられる。力を入れたら、踏み抜いてしまいそうだ。

それにしても、よくこんなになるまで放っておいたものだ、と思った。取り壊《こわ》して建て直すとかする計画は、なかったのだろうか？

ある教室の前で足を止める。

ここだわ。三年一組。――お父さんのいたクラス。

黒い木の札《ふだ》に、白い文字が〈三年一組〉と読み取れる。文字は、思ったほどかすれていなかった。

中を覗《のぞ》き込《こ》む。戸は、外れて、どこかへ行ってしまっていた。

中は空っぽだった。みごとなくらい、何もない。

机や椅子《いす》はどうしたのだろう？　どこか他《ほか》で使うために持ち去ったのか、それとも、誰《だれ》かが、まきの代りに燃やそうと持って行ってしまったのか……。

ガランとした教室の中へ入る。

湿《しめ》った匂《にお》い。そして、何だか、まだ誰かがここにいるような、そんな気分……。

黒板も、表面が半分ほどもはげ落ちてしまっているが、まだ残った黒い部分には、白墨《はくぼく》の文字が、少し残って見えた。あれは何かしら？

数字。——そう、数字の〈2〉か〈3〉だわ。

数学の授業だったのかもしれない。

二十年前の授業。その文字が残っている。——それを書いた人は、もう死んでしまったかもしれないけど、文字は、残っている。

不思議な感慨《かんがい》に襲《おそ》われた。

あの文字は、私より長生きして来たんだわ、と思った。

私が十六歳、それよりずっと長い間、少しずつ少しずつかすれながら、それでも頑《がん》張《ば》って、字の形を留《とど》めて来た。

もちろん、考えようによっては、そんなの当り前で、馬鹿らしいくらい、どうでもいいことなのかもしれない。でも、見方を変えれば、やはり、どこか心を打つものがある。

どんなものだって、そうなんじゃないかしら。感激《かんげき》なんてするもんか、と思っていれば何にでも冷たい目を向けることができる。

そんな人には、人生はつまらないものに思えるだろう……。

ほとんど枠《わく》だけが残った窓から、校庭が見えた。——春休みだから、生徒たちの姿もない。

曇《くも》って、生暖《なま》かい風が校庭を渡《わた》っていた。

廊下に足音がした。

「ああ、お母さん」

と、倫子は言った。

光江が入って来た。——今はもう、羽佐間光江である。

「ここだったの。どこへ行ったのかと思ったわ」

「お父さんの母校っていうのを、見ておきたくてね」

と、倫子は言った。「お母さんはどうしてここに？」

「お母さん、っていわれると、何だか照れるわ」

光江は困ったように笑った。

「いやでも慣《な》れていただかないとね」

と、倫子は笑顔《えがお》で言った。「お父さんとはうまく行ってる？」

「からかわないでよ」

と、光江は頰《ほお》を染めた。「――あなたがどこへ行ったのかと思って、来てみたのよ」

「さすが母親！　よく分るわ」

と、倫子は言った。「でも、いいなあ」

「いい、って、何が？」

「この校舎」

光江は目を丸くして、

「このオンボロの校舎が？」

「ちゃんとしてる時のことよ、もちろん。でも、コンクリートの、味も素気《そっけ》もない校舎より、人間味があると思わない？」

「そうね、確かに」

と、光江は肯《うなず》きながら、「いつまでも憶《おぼ》えてるものよ、こういう校舎のことって。たとえば、廊下《ろうか》のどこに穴があいてたとか、どこから雨が洩《も》って来たとかね……」

「雨で授業が中断なんて、面白そうね」

と、倫子は笑った。

「ちょっと不思議ね」

と、光江は窓の方へ歩み寄りながら言った。

「え？」

「どうして、この校舎がそのまま残ってるのかしら？」

そう。それは倫子もそう思った。

ともかく、窓から見ると、すぐに目に入るのは、鉄筋四階建の、真新しい校舎で
——もちろん、ごく最近建ったものだろう。

この校舎が二十年前に使われなくなったとき、代りの校舎が建ったはずだ。そして
今、あの新しい校舎。

その二十年の間、この老朽化《ろうきゅうか》した校舎が、そのまま放置されていたというのは、
奇妙なことだった。

「壊すとたたりでもあるんじゃない？」

と、倫子が言うと、光江は顔をしかめた。

「やめてよ。そういう話、怖《こわ》いんだから」

「へえ。新発見！　お母さんはお化けが怖い！」

と、倫子は微笑《ほほえ》んで、「じゃ、今度、いっちょ、おどかしてやろ」

「いいわよ。お父さんにしがみつくから」

「あ！　嬉《うれ》しそうに言っちゃって」

と、倫子は光江をにらんで、笑い出した。

「――やあ」

突然《とつぜん》、教室の入口の所で声がして、倫子と光江は、飛び上りそうになった。

「びっくりさせたかな。これは失礼」

立っていたのは、もう六十にはなっているかと思える、白髪《しらが》の男だった。

見た所、そう怪《あや》しい風でもない。きちんと背広を着込んでいるし、ネクタイも曲っていなかった。

でも、変だわ、と倫子は思った。

普通に歩いて来たのなら、足音がしたはずだ。気付かないはずがない。

いつの間にかそこに立っていたというのは――おそらく、忍《しの》び足でやって来たのではないか。

「私は滝田《たきた》という者です」

と、その男は言った。「あなた方は――」

「羽佐間と申します」

と、光江が言った。「学校の方でいらっしゃいますか」

「羽佐間。――もしかすると、羽佐間栄一郎君の？」

「家内です。こちらは娘の倫子です」

「やあ！　そうでしたか」

とその男は顔をほころばせた。

笑うと、人なつっこい感じだ。それは逆に言えば、ひどく緊張《きんちょう》していたのだということでもある。

「羽佐間君を、私は教えていたのですよ」

「まあ、それじゃ、先生でいらっしゃるんですか」

「彼《かれ》が高三で――そう、この教室にいたとき、私は数学を教えていました」

倫子は、滝田という男に、やや疑わしげな視線を投げた。大体数学が苦手なので、あんなもの（！）がよくできるのは、普通の人間じゃない、と思っているのである。

「今もこちらの学校に？」

と光江が訊《き》いた。

「いや、あちこち、転々としましてね、今は東京の私立高にいます」

「じゃ、こちらへ……」

「羽佐間君も同じでしょう」

と、滝田はニヤリとした。「タイム・カプセルですよ」

「じゃ、わざわざそのためにいらしたんですか」

「そうです」

滝田は黒板の方へ歩いて行った。「――ここに教壇《きょうだん》があった。あのころの生徒は、みんな個性的で面白かったですよ」

妙《みょう》だな、と倫子は思った。

ただ、当時の数学の教師だったというだけで、わざわざこんな所へやって来るだろうか?

「先生も――」

と、倫子は言った。「タイム・カプセルに何か入れたんですか?」

「いや、そうじゃありませんよ」

滝田は首を横に振った。「案内状が来なければ、きっと思い出しもしなかったでしょうな」

「案内状?」

「そう。――『三十年前、タイム・カプセルを埋めたことを、憶《おぼ》えていらっしゃると思います』という書き出しでね。それを読んだら、ああ、と思い出した」

「それでおいでになったんですね」

滝田は、なぜかちょっとためらってから、

「その通り」

と、肯《うなず》いて見せた。

廊下をやって来る足音がした——父だ、と分った。

「やっぱりここか」

羽佐間の顔が覗《のぞ》いた。「床が腐《くさ》っている所もあるから気を付けないと——」

と言いかけて、滝田に気付き、言葉を切った。

「久しぶりだね」

と、滝田が言った。

「滝田先生！——これは驚《おどろ》いた」

羽佐間は懐《なつか》しげに滝田の方へ歩み寄った。

「君はすっかり大物になったな」

と、滝田は言って、羽佐間と握手《あくしゅ》をした。

「どんなに出世しても、先生は先生、生徒は生徒ですよ」

羽佐間は笑顔で言った。

「他にも来るのかな」

「ええ、たぶん七、八人は集まるでしょう」

「そんなものか。——みんな、それぞれ自分の生活があるからな」

「もう生きていない者も三人います」

「三人？　まだ四十——八だろう」

「ええ。ガンで死んだのが一人、交通事故で一人。それから……殺された者が一人」

「殺された？　誰だね、それは？」

「石山です」

「石山。——そうか、憶《おぼ》えているよ」

滝田は、軽く肯《うなず》きながら、「気の毒に。一体何があったんだ？」

「つい先週のことですよ」

「先週」

「今度のタイム・カプセルと関係があるんじゃないかと思うんですが」

「三十年前だよ！」

と、滝田は目を見張った。

「そうです。しかし、事件は解決していません」

羽佐間は、空っぽの教室の中を、ゆっくりと歩きながら言った。

「だが、三十年といえば……もう、殺人も時効になっている」

「それはそうです。でも、時効になって罪に問われなくても、犯人だと分れば、社会的に葬《ほうむ》られる恐れがあります」

「うむ。——君ぐらいの年齢だと、もうかなりの地位にいる者もあるからな」

「ですから、石山も、それと何か絡《から》んで、殺されたのじゃないかと思うんです」

滝田は、両手を後ろに組んで、

「つまり——あのタイム・カプセルに、犯人を示す証拠《しょうこ》が入っている、というのかね？」

「確信があるわけではありません」

と、羽佐間は言った。「しかし、私にはそうとしか思えません。もっとも、そのときは思いも及《およ》ばなかったのですが」

「そのときなら、すぐに掘り出せたろうがな」

「残念ながら、個人的な確信では、そんな大仕事を警察に頼むわけにもいきませんしね」

「——三十年か」

滝田は、教室の中央へ歩いて行くと、教壇のあった方を振り向いた。「まるで昨日《きのう》のことのようだ」

「私も、はっきり憶《おぼ》えていますよ」

羽佐間は肯《うなず》きつつ、やはり同じ方向へ目をやった。「あそこに、血に染《そま》って倒れていた高津智子《たかつともこ》先生の姿を……」

倫子と光江は、ふと、寒気を覚えながら、羽佐間の視線を追って、今は何もない、汚《よご》れた床へと目を向けた。

5　白い影《かげ》

そのホテルは、山の中に、唐突《とうとつ》に立っていた。

唐突に、というのは、変な言い方だが、実感としてその通りなのだから、仕方ない。

「どうしてこんな所にこんなのがあるわけ？」

と、車を降りて、倫子は言ったものだ。

至ってさびれた山間《やまあい》の町。その外れまで来ると、突然、ヨーロッパの何百年か前に戻《もど》ったような、洋館が現われる。

倫子は、どこかに、〈ここからはドイツです〉という立札でもあるんじゃないかと、キョロキョロ見回したほどだ。

「洒落《しゃれ》たホテルだね」

と、一緒にやって来た小池朝也も、感心するよりは、呆然《ぼうぜん》としている。

「なかなかいいだろう」

と、父の羽佐間が言う。「できたてのホヤホヤに見えないだろ？」

倫子は父を見て、「じゃ――このホテル、お父さんが建てたの?」

「そうさ。光江との結婚記念だ。ゆくゆくは、お前に譲《ゆず》ってもいい。ホテルのオーナーでもやるか。どうだね、小池君?」

「は、はい! すてきですね」

朝也は、急に緊張している。

「やめてよ。何も小池君と結婚すると決めたわけじゃないんだから」

倫子はプーッとふくれて、言った。

「何だ、そうなのか?」

羽佐間は意外そうに、「せっかく、二人で同じ部屋にしてやったのに」

「冗談《じょうだん》じゃないわ! 別々! 別の部屋にして!」

と、倫子は喚《わめ》いた。「小池君の部屋には、外から鍵《かぎ》がかけられるように」

「おい! もっと人を信用しろよ」

二人のやりとりを聞いていた光江が笑い出してしまった。

「若いっていいわね。――ともかく、中へ入りましょうよ」

ホテルといっても、大きな館《やかた》という造りで、とても新品には見えない。石造りの、落ちついた雰囲気は、古い屋敷をホテルに改装《かいそう》した、と言っても通用しそうである。

羽佐間のベンツが停《と》まると、すぐにホテルの中から、制服のボーイが二人、姿を見せた。

その後から出て来たのは、五十がらみの、太って血色のいい男だった。きれいに禿《は》げた頭が、いかにも栄養満点という感じに光っている。

「社長！　お待ちしておりました」

と、なかなか聞かせるテノールである。

「やあ。――紹介《しょうかい》しよう。家内の光江と、娘の倫子。友人の小池君だ」

と、羽佐間は言って、「こちらは、このホテルの支配人、入江《いりえ》君だ」

「よろしくお願いいたします」

入江という男は、いかにも人の好《よ》さそうな微笑《びしょう》を浮《う》かべて言った。

「ともかく、部屋へ入ろう」

と、羽佐間が促《うなが》す。

ボーイたちがトランクを手に、ついて来る。

ロビーも、大いに倫子の気に入った。いかにも父らしい、渋《しぶ》い、格調のある造りだ。

「お部屋は二つでしたね」

と入江が言うのを、

「三つにしてくれ」

と、羽佐間が訂正《ていせい》している。

倫子と朝也は、何となく目を合わせて、クスッと笑った。

「お二階でございます」

と、部屋へ案内される。

二階までしかないのだが、エレベーターがついている。

——総《すべ》てが、ゆったりした雰囲気である。

「お父さん、こんな所に、こんな凄《すご》いホテル造って、採算とれるの?」

と、倫子が言うと、羽佐間は笑って、

「お前も夢《ゆめ》のないことを言う奴《やつ》だな」

と言った。「ここは私の生れた町だ。——採算などどうでもいいんだよ。いわば、別荘のつもりで建てた。まあ、私の道楽というところだ」

「ぜいたくな道楽ね」

と、倫子は苦笑した。

父には、そういうところがある。それは、倫子もよく分っていた。

ロマンチストなのだ。少年の夢《ゆめ》を、今でも抱《いだ》き続けている。

「——じゃ、七時になったら、ロビーで会おう」

と、羽佐間は言って、光江と二人でスイートルームへ入って行った。

「いいなあ、スイートルームか。ハネムーンにピッタリじゃないか」

と、朝也が言った。

「ええ？　スイートって、『甘い』のスイートじゃないのよ。『続き部屋』って意味なんだから」

「何だ、そうか。てっきり新婚向きだから、スイートなのかと思った」

と、朝也は頭をかいた。

「考えすぎよ」

と、倫子は、朝也の鼻をつついてやった。「はい、あなたはここ。私は隣」

「こっちへ来たって構わないよ」

「ご遠慮《えんりょ》申し上げます」

と、倫子は笑って、ドアを開け、「じゃ、後でね」

と手を振って見せた。

——ツインルームなので、結構広い。

ベッドも、セミダブルぐらいのが二つ入っている。

一人で寝るにゃもったいないかな、なんて倫子は考えていた。

七時に夕食、といっても、もう六時を少し回っている。のんびりしてはいられない。

手早く、荷物を出して、納めるべき所へ納めると、窓の方へと歩いて行った。

もう外は暗い。——庭なのか、それとも裏手の自然の林なのか、黒い木立ちの影が、ぼんやりと見分けられた。

少し見ていると、目が慣れて来る。——木立ちまでには少し距離があって、その間はたぶん芝生《しばふ》になっているらしい。

明日は散歩でもしてみよう。

それにしても——奇妙《きみょう》な旅である。

三十年前のタイム・カプセルが、四日後に掘り出される。

それは、ただ、「三十年前の物」を取り出すのではなく、「三十年前の過去」を掘り出すことなのだ。

高津智子。——女教師が、三十年前に殺された。

その鍵《かぎ》が、タイム・カプセルの中にある。

いや、それは確実ではない。しかし、可能性があるのだ。

父の話からは、その程度のことしか分らないが、おそらく、父が、話すべきときだと判断したら、何もかも打ち明けてくれるだろう……。

倫子は、ふと、父がこのホテルを建てたのも、そのタイム・カプセルのためかもしれない、と思った。

別に根拠《こんきょ》があるわけでもないのだが、直感的にそう思ったのである。

もちろん、間違っているかもしれない。しかし……。

突然、目の下の芝生にさっと光が広がった。

下の部屋の窓が開いて、その光が芝生を照らし出したのである。

すると——今まで、ただの暗がりに過ぎなかった。木立ちの間に、人の姿が浮かび上った。

女だ。白いドレスを着ている。

どんな女なのか、そこまでは、倫子の目では確かめられなかった。

ただ、女は、急に光が当って、びっくりしたように、身を引いた。

そして、木立ちの間へとドレスの裾《すそ》をひるがえしながら、駆《か》け込んで行った。長い黒い髪が、白のドレスの背に踊《おど》った。

不意に、窓が閉《しま》ったのか、芝生も木立ちも、暗い影に閉《と》ざされてしまった。

——あれは誰《だれ》かしら？

ホテルの客だろうか？　それにしても、あんなドレスで……。

何だか不つりあいである。

それに、あんな所で何をしていたのだろう？

散歩するような時間でもない。

それに、木立ちの奥へ逃げて行ったのも、妙である。

あれは幻《まぼろし》だったのかしら？　倫子は首をひねった。

カーテンを閉めると、肩をすくめ、

「さあ、さっぱりして来よう」

と呟《つぶや》いた。

夕食のときは、少しいい服も着たい。

ちょっとシャワーなど浴びて、身だしなみを整えて……。

倫子はバスルームのドアを開けた。設備は申し分なく近代的である。

浴槽《よくそう》にお湯を入れ、服を脱《ぬ》ぐ。

「アチチ……」

と、目を白黒させながら、浴槽に身を沈《しず》めた。

倫子は、お風呂《ふろ》が大好きである。

もしこの世の終りが来るのなら、湯舟につかって迎《むか》えたい、とさえ思っている。

「そうね。私がホテルを建てるなら、まず温泉のある所だな」

と、呟いて、大きく息を吐《は》き出す。「——ああ、天国！」

目を閉じて、お湯が筋肉をほぐしてくれるに任せていると、ついウトウトと眠気《ねむけ》すらさして来るようで……。

「おい、大丈夫？」

と、朝也の声がした。

目を開くと、バスルームのドアが開いて、朝也の顔がヒョイと覗《のぞ》いた。

6　肖像画《しょうぞうが》

「――小池君、まだ髪が濡《ぬ》れてるわ」

と、光江が言った。「風邪《かぜ》、引くんじゃない?」

「風邪ぐらい、引いて当然よ」

倫子は、ステーキをナイフで切りながら、言った。「女の子の入浴してるのを覗《のぞ》いたりするからいけないの」

「いや、大丈夫です」

朝也は、照れくさそうに言った。

「倫子もよくない。鍵《かぎ》をかけ忘れたのは自分のせいだぞ」

と、羽佐間が笑いながら言った。

「だって、当然、自動ロックだと思ったんだもん」

「私はあれが嫌《きら》いなのだ。何だか、刑務所《けいむしょ》の独房《どくぼう》へでも入れられるようでな。だから、鍵は、ちゃんと自分でかけるようにしてあるのだ」

「開いてるからって、黙って入っていい、ってもんじゃないわ」

「声はかけたよ」

と、朝也が抗議《こうぎ》する。

「聞こえなかったわ」

「だからって、頭からいきなり水をぶっかけることはなかったじゃないか」

「水ぐらいで、死にゃしないわよ」

倫子はまるで動じない。

「ごめんなさいね、小池君」

と、代りに光江が謝っている。

「いいのよ」

「あなたが『いいのよ』ってことないでしょう」

「恋《こい》する人に水をかけられるのも、恋の楽しみの内よ」

「勝手なこと言って」

光江も仕方なしに笑っている。

——いいレストランだった。

もちろん、客の数が限られているから、そう広くはない。

でもテーブルなどの間隔《かんかく》がゆったりと取ってあって、居心地のいい食堂だ。

「味も悪くないわね」

と、倫子が、分ったようなことを言う。

「東京の一流レストランから引き抜いたんだぞ」

と、羽佐間が言った。「その内、東京から、ここの食事のために、わざわざ客がやって来るさ」

「あなたのやることなら、そこまで行くかもしれないわね」

と、光江が言った。

「そうでなきゃ、ホテルをここに建てた意味がないよ」

ピアノの音がした。

レコードではない。——倫子は振り向いた。

奥に、グランドピアノが据《す》えてある。そこで鍵盤《けんばん》に向っているのは、白いドレスの若い女だった。

白いドレス。長い髪……。

「——お父さん」

「うむ？　何だ？」

「あのピアノをひいてる人、お父さん、知ってるの？」

「いいや。それは入江の仕事だよ。しかしなかなか巧《うま》いじゃないか」

「うん……」

「どうかしたのか？」

「別に、何となく訊《き》いてみただけ」

と、倫子は首を振った。

入江がやって来て、

「お味の方はいかがでございますか」

と訊《き》いた。

——果して、あれが、さっき芝生にいた女だろうか？

見たところは、あんな風だったが、どんなドレスだったか、はっきりと見分けられたわけではない。

たまたま、同じようなドレスを着ていたとも考えられる。

入江が羽佐間としゃべっている。倫子は、ピアニストの方を振り返った。

ピアニストの目が、倫子たちの方を見ていた。倫子と目が合う。

向うが、ハッと目をそらした。和音が、少し狂《くる》った。

こっちを見ていた。あのピアニスト。

若い女だ。——二十二、三というところか。美人だが、ちょっときつい顔立ちである。

ピアノはかなり上手なようだが、ほとんど顔の表情は変えずにひいている。

「——あのピアニストは、なかなかいいじゃないか」

と、羽佐間が入江に言った。「どこで見付けたんだ?」

「ちょっと妙な話でして」

と、入江が微笑《ほほえ》んだ。

「ほう?」

「三日ほどここへ泊《とま》られて、町へ出られたとき、財布をなくしてしまわれたんです。で、こちらは、後でお送りいただければ結構です、と申し上げたのですが、それでは申し訳ないとおっしゃって。——で、ここでピアノをひかせてくれ、ということになりまして」

「じゃ、ホテル代の分を?」

「はい。もう一週間ほど、こうして毎日——」

「なるほど。面白い人だな」

——嘘《うそ》だわ。きっと。

倫子は思った。それはここにいるための口実だ。

女の直感は、よく当るのである。

「失礼します」

と、フロントの係がやって来た。「羽佐間様にお目にかかりたい、と――」

「誰《だれ》だね?」

「若い女の方です。石山様という」

「まあ、きっと秀代さんだわ」

と、倫子は言った。

羽佐間と倫子が二人でフロントの所へ行くと、やはり石山秀代が、相変らず、どことなく見すぼらしい格好で立っている。

「秀代さん。どうしてここへ?」

「――すみません、こんな所にまで押《お》しかけて来て」

と、秀代は頭を下げた。「父の葬儀のことは、何から何までやっていただいて、本当にありがとうございました」

「いや、あんなことしかできなくて残念だった。――ここへは何の用で?」

「私、やっぱり父の代りに、そのタイム・カプセルというのを、この目で見ようと思ったんです」

と、秀代は言った。「お願いです。ここに置いていただけませんか。あの――泊るほどのお金はないんですけど、皿洗いでも何でもやりますから」

羽佐間は微笑んで、秀代の肩に手をかけた。

「友人の娘に、そんなことをさせるもんか。――どうだ、倫子、お前の部屋で一緒に寝たら」

「それ賛成！　小池君が忍び込んで来ても安全だわ」

と、倫子が言った。

そのとき、レストランの中で、朝也は、派手にクシャミをしていた。

レストランやロビーの他《ほか》に、のんびりと寛《くつろ》げるサロンがあるのが、いかにも羽佐間好みである。

「――いいコーヒーね」

と、光江が肯《うなず》きながら言った。

「フランスのサン・リボだよ。入れ方にコツがいるが、こくがあるだろう」

倫子にはよく分らない。ガブガブ飲めるアメリカンの方がいいけど、なんて考えているのである。

「あの肖像画は誰《だれ》の？」

と、倫子は言った。

暖炉の上に、大きな、女性の半身像を描いた油絵がかけてある。

三十になるやならずという印象の、ふっくらした、美しい女性だ。

地味で、清楚《せいそ》な雰囲気、服装も、ごく当り前のスーツらしい。まるで学校の先生みたいだ……。

「分った」

と、倫子は言った。「高津智子さんでしょう」

羽佐間は、ちょっとびっくりしたように、倫子を見た。

「よく分ったな！　そう。あれが高津先生だ」

「あの方が……」

と、光江が、改めて絵を眺《なが》めた。

「生前に描いたものではない。亡くなった後、写真をもとに、先生の教え子だった画家が描いたのだ。——人間性が、良く出ているよ」

——倫子は、じっとその絵の顔を眺めて、ふと、誰かに似ている、と思った。

誰《だれ》だろう？

いくら考えても、分らない。しかし、確かに、誰かに似ているのだ……。

7　追いすがる影

サロンでコーヒーを味わった後、羽佐間は光江を促して、立ち上った。

「じゃ、先に休むよ」

と、倫子《みちこ》と朝也に声をかける。

「どうぞ。私はどうせ夜行性だから」

「コウモリだね」

と、朝也が言った。

「それを言うなら、吸血鬼《きゅうけつき》と言ってよ。ずっとカッコいいじゃない」

「もう少しロマンチックなこと、言えないのかい？」

「いいじゃないの。そっちの方は、お父さんとお母さんが引き受けてくれるわ」

「親をからかうもんじゃない」

と、羽佐間は笑って、光江と一緒にサロンから出て行った。

入れ代りに、石山秀代が入って来る。羽佐間へ、

「ありがとうございました」

と、丁寧《ていねい》に頭を下げていた。

「秀代さん」

と、倫子は声をかけた。「ここへお座りなさいよ」

「いえ、私――」

「遠慮しないで。どうせここは父のホテルなんだから」

倫子は、秀代にコーヒーを取ってやった。

秀代は、

「どうもすみません」

と、頭を下げている。

よく恐縮《きょうしゅく》する子である。――性格なのかもしれない。

「私に弟か妹ができるかしらね」

と、倫子は、朝也の方に向いて、言った。

「できたら、どう思う？」

「楽しいじゃない。にぎやかになるし。――将来のための、練習にもなるわ」

「練習？」

「子育ての、よ」

「まず夫捜《さが》しが先決だろ」

「差し当り、ろくなのがいないもんですからね」

と、倫子は言い返した。

「あら」

と、秀代は言った。「あの人は、どなたですか?」

秀代が見ているのは、高津智子の肖像画だった。

「知ってるの?」

と、倫子が訊《き》いた。

「顔を見たことがあって。――それも、たぶん、父のアルバムか何かで見たような気がします」

「そうでしょうね」

倫子は、高津智子のことを、分っている点だけ――つまり、三十年前、ちょうど、タイム・カプセルが埋められたときに殺されたのだと説明した。

「そうですか」

と、秀代は、改めて肖像画をじっと見つめていた。「――でも――」

「え?」

「いえ――何でもありません」

秀代は首を振った。

何か言いたげだったが、思い直して、口をつぐんだ様子だ。

倫子は、ちょっと気になった。

大体、倫子は言いたいことを、こらえていることのできない性格だ。いや、むしろ、言いたくないことまで言ってしまう方かもしれない。

「——ねえ、秀代さん」

と、倫子は言った。

「はい」

「ちょっと訊《き》きたいんだけど……。もし、返事をしたくなければ、いいのよ」

「何ですか？」

「あなたとお父さん……。どうして、あんな苦しい生活をしていたの？　父とか、色々、お友だちを頼《たよ》って、仕事ぐらい、見付けられたでしょうに」

秀代は、ちょっと目を伏せた。

悪いことを訊いたかな、と倫子は思った。

「まあ、色々あるよな」

と、朝也が、取りなすように言った。

「いえ、いいんです」

秀代が顔を上げる。「父は、誰《だれ》かから、いつも逃げていたんです」

「逃げて?」

倫子と朝也は顔を見合わせた。

「——それはどういう意味?」

「よく分りません」

と秀代は首を振った。「でも、ともかく、いつも追われていたのは事実なんです」

「じゃ、あなたにも、それが誰なのかは言わなかったの?」

「はい」

「——お母さんは?」

「死にました。——いえ、そう聞かされています」

と、秀代は言い直した。

「じゃ、本当のところは分らないの?」

「物心ついたころには、もう私は父と二人でした。父から、母は私を生んだときに死んだと聞かされていました」

倫子は、少し間を置いて、

「でも、あなたは信じてないのね」

と言った。

「どう考えていいのか、分らないんです」

秀代は首を振った。「父は、仕事を転々としていました。一つの所に、一年いることはまれでした」

「どうして、そんなに仕事を変ったの？」

「正確なところは分りません。でも——たぶん、誰か、父を追っている人が、近付いて来ると、父は仕事を移ったんだと思います」

「じゃ、その『誰《だれ》か』は、そんなに長い間、ずっとあなたたちを追い続けてるわけ？」

「だと思います」

「その事情とか、お父さんは話したこと、ないの？」

「ありません」

「訊《き》いたことも？」

「訊いたことは、何度もあります」

「でも、返事はしてくれなかった」

「ええ。ただ——」

「ただ？」

「この何か月か、なぜか父は仕事につかず、ほとんど毎日、寝る所も変えていたんです。——私、たまりかねて、父に訊きました。『何か、追われるような悪いことをしたのか』って」

「それで？」

「父は、じっと私を見て、『父さんを信じてくれ』と言いました。『何も悪いことはしていない』って」

「よほどの事情があったのね」

「たぶん……。そして、『もうすぐ、何もかもかたがつく』と言いました」

「もうすぐ？　それはどういう意味なのかしら？」

「たぶん、このタイム・カプセルのことじゃなかったかと思うんです」

なるほど。倫子は肯《うなず》いた。——秀代の言う通りだろう。

「でも、そんなに長い間、逃げ回ってるって、大変なことね」

「よほどのことがあったんだと思います」

と、秀代は肯いて、言った。

タイム・カプセル。

どうやら、それはただ単に、「思い出の品」をしまい込《こ》んでいるだけではないらしい。

何か、もっともっと恐《おそ》ろしいもの——何かの秘密を、納めているのだ。

倫子は、ふと、視線を移した。

入って来たのは、あのピアニストだった。白いドレスのままだ。

倫子は、ちょっと当惑《とうわく》した。――ピアニストが、ほとんど迷うことなく、あの肖像画のすぐ前の椅子《いす》に腰をおろしたからである。

「――どうしたんだい？」

と、朝也が訊《き》いた。

「ううん、別に……」

と倫子は首を振った。

気のせいだろうか？　あのピアニストは、わざわざ、あの絵が正面に見える席に座ったようだった。

いや、もちろん、偶然《ぐうぜん》ということもありうる。

しかし、普通なら、サロンへ入って来て、まず、中を見回し、どこへ座るか、考えるだろう。

ところが、今、彼女は、全く迷いもためらいもしなかった。

真直《まっす》ぐに、あの席へ行ったのだ。

なぜだろうか？

秀代の、「追われつづけた話」、そしてあのピアニストの、肖像を見る席……。

——何かあるのだ、という思いで、倫子の好奇心は赤熱していた。

「——どうしたの?」

という声で、倫子は目を覚ました。

いや、きっと眠《ねむ》っていなかったのだろう。一旦《いったん》眠ってしまえば、人の話し声くらいで、目の覚める倫子ではない。

半《なか》ば、眠っていて、頭の中であれこれ空想する。その時間が、倫子は大好きなのである。

それにしても、今の声は……。

暗がりの中に起き上って、あっと思い出した。——石山秀代が一緒にいたのだ。

「お父さん——どうしたの」

また声がした。

寝言を言ってるんだ。——秀代が寝返りを打つ。

心配そうな声である。不安が、秀代を苦しめている。

倫子は、ベッドから、そっと出て、秀代の顔を覗《のぞ》き込んだ。

息づかいが早い。——汗《あせ》が額に光っている。

熱でもあるのかしら。

ちょっとためらったが、倫子は、そっと秀代の額に手を当てた。

熱はないみたいだけど……。

突然、秀代が目を見開いて、

「キャッ！」

と声を上げてはね起きた。

これには倫子の方もびっくりして、声を上げそうになった。

「――大丈夫？」

「あ――すみません」

秀代は肩で息をしていた。

「ずいぶんうなされてたみたい」

秀代は、頭を振って、

「変ですね。父はもう死んでしまったのに、父が殺される夢を見るんです」

「殺される？」

「ええ。――二人で逃げてると、いつも誰《だれ》とも知れない影が追いかけて来て……。その内、父が、私に逃げろと言うんです。そして――父がその影に立ち向って――倒れるんです」

秀代は、そっと額の汗を拭《ぬぐ》った。「汗をかいちゃった……」

「シャワーでも浴びたら？　さっぱりするわよ」

「ええ。――じゃ、そうします」

秀代はベッドから出て、バスルームへ入って行った。

倫子は、枕《まくら》もとの明りを点《つ》けた。

午前二時だ。

喉《のど》が渇《かわ》いたな、と思った。――秀代も、シャワーを浴びたら、何か冷たいものがほしいかもしれない。

倫子は、パジャマの上にガウンをはおってフロントに電話を入れてみた。

こんな時間なのに、すぐ受話器が上った。

「すみませんけど、何か冷たいものをいただけます？」

「かしこまりました。何がよろしいでしょうか？」

さすがに父の造ったホテルである。

「そうね。冷たい紅茶でも――」

「かしこまりました」

都心のホテルだって、この時間ではなかなかこうはいかないものだ。

明りを点けて、ソファに座っていると、秀代が体にバスタオルを巻きつけて出て来た。

「あら。——明りが点いてると思わなかったんで」

と、顔を赤らめる。

「いいじゃないの。でも、もうすぐ飲みものが来るわ」

「じゃ、服を着ます」

秀代はあわてて、バスルームへ戻《もど》って行った。

「結構大人だなあ」

と、倫子は呟《つぶや》いた。

弱々しく見える秀代だが、バスタオル一つになっていると、なかなか女らしい体つきなのだ。——ちょっと、倫子は、差をつけられた感じだった。

ドアをノックする音。

「はい」

と、倫子は返事をした。

「お飲物をお持ちしました」

あら、あの声は……。

倫子がドアを開けると、朝也が盆《ぼん》を手に立っている。

「小池君！　いつからここで働いてるの？」

「よせやい。ちょうどこの前で、運んで来る人に出会ったんだ」

「何やってるの、こんな時間に?」

「君に追い出されたおかげで、一人で退屈《たいくつ》なのさ」

「じゃ、一緒にお茶でも飲む?」

「いいね!」

と、朝也がニヤリとした。

そのとき、支配人の入江が廊下《ろうか》を走って来るのが、倫子の目に入った。

何だか、ひどくあわてている。

「どうしたのかしら?」

見ていると、入江は羽佐間の部屋のドアを叩《たた》いていた。

「こんな時間に。——何かあったんだわ、きっと」

と、倫子は言った。

8　裂《さ》かれた絵

「ひどい!」

と声を上げたのは、秀代だった。

もっとも、声が出ただけ、落ちついていたのかもしれない。

他《ほか》の誰《だれ》もが、声もなかった。倫子と朝也、それに羽佐間と光江である。

あのサロンに、みんなはいた。

もちろん、こんな時間だから、サロンが開いているわけではない。

誰もが呆然《ぼうぜん》として、それを見つめていた。——高津智子の肖像画を。

肖像画は、刃物で大きく切り裂かれていたのである。

「——何てことだ」

羽佐間が呟《つぶや》くように言った。

表面は穏やかだが、かなりショックを受けていることが、倫子にはよく分った。少し、声が震《ふる》えている。

「誰がこんなことを……」

と、光江が言った。

羽佐間が入江の方を向いて、

「いつ気付いたね？」

と訊《き》いた。

「今です。そろそろ休もうかと思いまして、一応、中をぐるっと見回っていたのです。それが習慣でして」

「それでこの部屋に入ったとき――」

「はい。もうこんな風で」

「誰か、逃げる者とか、廊下をうろついてた人間はいなかったかね？」

入江は首を振って、

「特に気付きませんでした」

と言った。

「ひどいことになった」

羽佐間は、絵の方へ、歩み寄った。「――降ろしたまえ。このままかけておくわけにはいかない」

「はい。直《ただ》ちに」

入江は椅子《いす》を運んで行って、自ら、絵をおろした。朝也が駆《か》け寄って、手伝う。

「どういうことなのかしら？」

と、倫子は父に言った。

「分らん」

羽佐間は首を振って、「あの人を憎《にく》んでいる人間がいたとは思えんが……。しかし、殺した人間がいたわけだからな」

「何か関係がある？」

訊《き》くだけむだというものだった。

単なるいたずらの範囲《はんい》を越《こ》えた、明らかに悪意のあるやり方だ。

「ナイフのようなもので、やったんでしょうね」

と、朝也が言った。「そう簡単に、このキャンバスが切れることはありませんよ」

入江はため息をついて、

「私の不注意で、申し訳ありません」

と、頭を下げた。

「いや、君のせいじゃない」

羽佐間は入江の肩を軽く叩《たた》いた。「しかし、ここに絵が急になくなると、やはり寂《さび》しい。何か、他の絵で、当面は間に合わせておいてくれ」

「かしこまりました」

と、入江が頭を下げた。

「あら――」

倫子のそばで、秀代が声を出した。

「どうしたの?」

「誰かがドアの外に――」

「え?」

倫子は、急いでドアの方へ行ってみた。

しかし、外にも、人影はない。

「誰もいないわよ」

「そうですか。気のせいかしら」

と、秀代は首をかしげた。「でも、何だか白いものがチラッと見えたような気がしたんです」

白いもの?――倫子は、白いドレスの、あのピアニストを、思い出していた。

「さあ、もう今日は休もう」

と、羽佐間がみんなを促した。「朝になってしまう」

――部屋へ戻《もど》って、ベッドに入ったものの、倫子はなかなか寝つけなかった。

「倫子さん」

と、秀代が言った。

「ん？　何なの？」

「小池さんと婚約《こんやく》してるんですか？」

倫子は、ちょっと面食らった。

「小池君？――まさか！　まだそんな年齢じゃないわよ。それに、ただのお友だちでしかないし」

「そうですか」

「でも、どうして？」

「いえ――別に。おやすみなさい」

「おやすみ……」

倫子は、もしかして、秀代さん、小池君に気があるのかしら、と思った。

悪くないわね。

倫子は、一人でそっと笑った。

夜中の騒ぎのせいか、倫子が起き出したのは、もう昼近くだった。

「――おはよう」

と、食堂へ入って行くと、やはり起きたばかりらしい、父と光江がテーブルについていた。

「みんなお寝坊《ねぼう》さんね」

と、光江が言った。

「私は一人で寝坊。そちらはお二人で寝坊。ちょっと事情が違《ちが》いますよ」

羽佐間が笑って、

「口ばかり達者になって。――さあ、何か食べたらどうだ。午後は、どこかへドライブにでも行こう」

「いいわね」

と、倫子は言った。

父が笑って平静なのは、本音なのか、それとも、装《よそお》っているのだろうか？

「秀代さん、どこにいるのかしら？」

コーヒーを飲みながら、倫子は言った。

「さっき、小池君と二人で、庭へ出て行ったぞ」

「小池君と？」

「うかうかしてると、取られちまうぞ」

「構わないわ。何なら、のし紙つけて、進呈《しんてい》してもいいわよ」

「無理してるんじゃないのか？」

と、羽佐間は笑った。

そこへ、

「失礼します」

と、声をかけて来たのは、あのピアニストだった。

もちろん、今は普通のワンピース姿である。

「何か？」

「羽佐間さんでいらっしゃいますね」

「そうです」

「中山久仁子《なかやまくにこ》と申します」

「ピアノを聞かせていただきましたよ。まあどうぞ」

羽佐間にすすめられるままに、中山久仁子は、空いた椅子《いす》に腰をかけた。

「もう、お支払いの分は充分に働いていただいたようですな」

「恐れ入ります」

「しかし、どうして、ここにいらしたんです？　あれだけの腕をお持ちなのに」

「このホテルが、とても居心地がいいものですから」

「それは嬉《うれ》しいですね」

と、羽佐間は微笑《ほほえ》んだ。

「実は、一つお願いがあるのですけれど」

「何でしょうか？」

「サロンに飾《かざ》ってある、女の方の肖像画のことです」

倫子は、トーストにバターを塗《ぬ》っていた手を止めた。

「――あの絵がどうかしましたか」

「とてもいい絵ですわ。いつもあの絵を眺《なが》めていると、心が休まるのです」

「なるほど」

「あの絵を、譲っていただけませんでしょうか？」

倫子と光江が、ちょっと顔を見合わせた。

「――もちろん、代金はお払いします。私も多少の貯《たくわ》えはありますから。どうぞ、値をおっしゃって下さい」

「いや、実はですね――」

と、羽佐間が言いかけたとき、食堂へ駆《か》け込《こ》んで来た者があった。

朝也である。

9　突然《とつぜん》、消える

食堂へ駆け込んで来た朝也は、息を切らして中を見回した。

倫子は、ちょっと顔をしかめると、

「小池君！」

と、朝也に声をかけた。「こういう場所では静かにふるまってよ」

しかし、朝也の方は、そんな言葉は耳に入らない様子で、

「彼女、来なかった？」

と訊《き》いた。

「彼女？」

「うん、彼女だよ」

「――秀代さんのこと？」

「そうだよ、もちろん」

朝也は肩で息をしている。相当に、あわてて来たらしい。

「だって——小池君、一緒《いっしょ》だったんじゃないの?」

「それが、突然、どこかに行っちゃったんだ!」

「待って」

倫子は席を立った。「お父さん、話を続けてて。構わないから」

中山久仁子が、

「また後でゆっくりお話ししますわ」

と腰《こし》を浮《う》かすのを、

「いえ、いいんです。どうぞ、そのままで——」

と倫子は抑《おさ》えて、それから朝也の腕《うで》を取って、「ちょっと、こっち!」

と、食堂から連れ出した。

「どうしたんだい?」

「それはこっちのセリフでしょ。何があったの?」

「それが、さっぱり分らないんだ」

と、朝也は、また息をついて、首を振《ふ》った。「ともかく、庭へ出よう」

倫子は、朝也について、庭へ出て行った。

もうお昼だ。——陽《ひ》は高く、快い天気だった。

「僕《ぼく》はあの子と庭へ出て来た。三十分くらい前かな」

と、朝也は言った。「別に僕が誘《さそ》ったってわけじゃない。よく憶《おぼ》えてないけど――たぶん、彼女《かのじょ》の方が、庭へ出てみたい、と言ったんじゃないかな」

「それで？」

「この芝生《しばふ》をぶらついて、そのまま、林の中へ入って行った。二人で、だ」

倫子と朝也は、一緒に林の中へ入った。

もちろん、密林というわけじゃないから、中も充分《じゅうぶん》に明るい。ただ、少し空気はひんやりとしていたが……。

「ここを歩いたの？」

と、倫子は訊《き》いた。

「この辺、だよ。でも、どの木の間だったか、なんて分らない」

「それはそうね」

「――五、六分歩いたかな。そう、その辺りで一休みした」

と、朝也は、少し木々の合間に開けた、草地を指さした。

「まだ、五、六分も歩いてないわよ」

「今は、急いで来たじゃないか。彼女とはのんびり歩いてたんだ」

朝也は、足を止めた。「そう。――たぶん間違《まちが》いなく、ここだ」

「それで？」

「ここに腰をおろした。それから、少し話をした。彼女が、立ち上って、伸《の》びをしたんだ」

朝也は、ゆっくりと、周囲を見回した。「で――それから、彼女は、何かを見付けたようだった」

「見付けた？」

「うん。そんな感じだった。あれっという顔をして、木々の間に入って行った」

「どこの？」

「その辺だと思う。――ほら、少し木が重なり合ってて、茂《しげ》みになってるだろ」

「うん」

「その辺に、姿を消した。――と、思うんだけど」

「思う、って、何よ？　見てなかったの？」

「僕は、逆の方を向いて座ってたのさ」

と、朝也は肩をすくめた。「だから、彼女の姿を、ずっと目で追ってたわけじゃなかった」

「じゃ、どうして、そこへ行ったと分ったの？」

「音だよ。足音と、その茂みがざわつく音がしたんだ」

「それで？」

「それで……それっきりさ」

と朝也は肩をすくめた。

「どういうこと?」

「彼女は、いなくなっちまったんだ」

倫子は、ポカンとして、

「まさか」

とだけ、言った。

「僕だって、そう思うよ」

と、朝也は、その茂みの方へと歩いて行った。「よく見てくれよ。とても、人が隠《かく》れていられるほどの場所じゃないだろ」

倫子は肯《うなず》いた。

確かに、茂みといっても、小さなものだ。子供だって、しゃがみ込むか、腹這《はらば》いにでもならなくては、とても姿を隠せまい。

その周囲は、他と同じ、林だ。

「ここから、林の奥《おく》の方へ走って行ったんじゃないの?」

と、倫子は言った。

「それなら足音がするよ。でも、何も聞こえなかったんだ」

「そうか」

と、倫子は、名探偵《めいたんてい》よろしく、考え込んだ。

「ね、小池君、あなたが彼女から目を離《はな》してたのは、どれくらいの間？」

「それなんだ」

と、朝也は困惑《こんわく》した様子で、「彼女が茂みの方へ見えなくなって、僕も立ち上った。ズボンのお尻《しり》をはらって、振り向いた。――どんなにたっていても、まず十秒だな」

「で、そのとき、もう――」

「彼女の姿は、消えてたんだ」

倫子は、もう一度周囲の林を眺《なが》め回してみた。

木々の間は、かなり遠くまで見通せる。

足音もたてず、たった十秒の間に、どこまで行けるだろうか？

それに、朝也の話も嘘《うそ》とは思えなかった。大体、そんなことで嘘をつく理由が、朝也にはない。

「捜《さが》したの？」

「もちろんだよ」

と、朝也は肯《うなず》いた。「名前も、大声で呼んでみたし、ずっと奥まで行ってみた。でも、どこにも見えない。それで、もしや、と思って、ホテルの方へ戻《もど》って行ったんだ」

　倫子も戸惑《とまど》っていた。

　はっきり目的の分ったことへと突進《とっしん》するのは得意なのだが、どうにもわけの分らない状況《じょうきょう》という奴《やつ》が、一番の苦手なのである。

「でも、ともかく、何かの拍子で、気付かなかったってこともあるわ」

と、自分へ言い聞かせるように言う。「一応、もう一度捜してみましょう」

「うん。じゃ、手分けして捜そう。君、あっちを見てくれ」

「了解」

　二人は、左右へ分れて、歩き出した。

「秀代さん！――秀代さん！　いたら、返事して！」

と、倫子は呼びかけながら歩いた。

　しかし、結局、三十分近く、林の中をうろうろと歩き回って、何も手がかりはなかった。

　元の草地へ戻って、倫子は座り込んだ。

　少しすると、朝也もやって来る。

「――何かあった？」

　むだを承知で、倫子は訊《き》いた。

「全然。そっちも？」

「ありゃ、言うわよ、訊かれなくたって」

二人は、少し間を置いて、顔を見合わせた。

「どうなってるの？」

倫子は、ため息とともに言った。「これだけ捜《さが》して、ホテルに戻《もど》ったら、部屋で寝《ね》てたなんてことになったら、小池君、あなたを二階の窓から放り出してやるからね！」

「そうなったら、自分で飛び降りるよ」

と、朝也は言った。


「――妙《みょう》な話だ」

羽佐間は、眉《まゆ》を寄せて、言った。

「そう。妙だわ」

倫子は父の前に立っていた。

結局、倫子は朝也を二階から放り出しはしなかったのである。つまり、石山秀代は行方《ゆくえ》をくらましてしまっていたのだった。

「どうしたらいいのかしら」

と、光江がそばで、心配そうに言った。

羽佐間と光江が泊《とま》っているスイートルームである。

「ともかく、石山の娘だ。放ってはおけないよ」

と、羽佐間は言った。

「でも、どこを捜すの？」

と、倫子は訊いた。

「林の中でいなくなったんだろう」

と、羽佐間は立ち上って、「それなら林の中を捜すしかない」

「でも、私たちが、散々捜したわ」

「あなた」

と、光江が言った。「警察へ届けたら？」

「それはできん」

羽佐間が、はね返すように答えた。

「どうして？」

羽佐間は、問われて、少し迷った。

「いや――届けていけないことはない。しかし、果してそんな話を信じてくれるかどうか……」

「やってみなきゃ、分らないじゃないの」

「そうだな」

羽佐間は、なおも少し考えていたが、「――よし。ここは入江に任せて、私は警察へ行って話してみよう」

と言った。

――倫子は、父の態度に、どことなく、すっきりしないものを感じた。

光江が、警察のことを言ったとき、ほとんど考えもせずに否定した。

なぜだろう?

その後の、「信じてくれるかどうか」は、言いわけめいて聞こえた。

何か、警察へ届けたくない理由があるのかもしれない……。

羽佐間は、入江を呼んで、事情を説明した。

「では、すぐに人手を集めて、捜索《そうさく》させましょう」

入江と羽佐間が、話をしながら、一緒に一階へ降りて行く。その後から、倫子と朝也。少し遅《おく》れて、光江……。

「君はどうするんだ?」

と、朝也が言った。

「父について行くわ」

倫子は、迷うことなく言った。「小池君はここに残って。捜索のとき、必要だわ」

「分ったよ」

——ホテルを出ようとするところへ、

「あの——」

と、声をかけて来たのは、ピアニストの、中山久仁子だった。「いなくなった方、見付かりまして？」

「いや、これからまた捜してみます」

と、羽佐間が言った。

「そうですか。私も、何かお手伝いできることがあれば、いたしますわ」

「お気持だけで充分です。ありがとう」

羽佐間は微笑《ほほえ》んだ。

——車で、警察署へと向う途中《とちゅう》、倫子は言った。

「ねえ、お父さん」

「何だ？」

「あの絵のことを、ピアニストの女性に話したの？」

羽佐間はチラッと倫子を見た。

「どうして？」

「興味があったの」

「――説明したよ。ありのままをな」

「どんな様子だった、彼女?」

羽佐間は肩《かた》をすくめた。

「びっくりしてたが、それは当り前だろう」

「そう……」

倫子は、ちょっと不満だった。

あのピアニストが、もっとドラマチックな反応を見せたのではないか、とひそかに期待していたのだ。

10　灰の下の火

警察も倒産《とうさん》することってあるのかしら？

——倫子は、その建物の前に立って、そう思った。

いや、一応、ちゃんと警官もいるし、実際に営業（？）しているには違《ちが》いないのだが、ともかく、その建物のボロいこと……。

床《ゆか》でも抜《ぬ》けるんじゃないか、と、ヒヤヒヤしながら、中へ入った。

「——失礼します」

と、羽佐間が名刺《めいし》を出し、「署長さんにお目にかかりたい」

「お待ち下さい」

若い警官が、足早に奥へ歩いて行く。

少し中に立っていると、多少、建物のひどさにも慣れて来て、倫子は、むしろ好感を抱《いだ》くようになった。

雰囲気《ふんいき》が、およそ警察らしくない——というと、よほど倫子がいつもお世話になっているようだが、そうでなくても、いくらかは、「怖《こわ》い」という意識があるのは確かである。

しかし、ここには、もっと気安く立っていられる雰囲気があった。

父も同じ印象を受けたらしい。

「ここの署長は、きっと、しっかりした人だな」

と、肯《うなず》きながら、言った。

「同感」

「お前にも分るか」

「失礼ね。感受性の強い娘《むすめ》をつかまえて」

羽佐間は、ちょっと苦笑した。

「――どうぞおいで下さい」

と、若い警官が戻《もど》って来て、言った。

二人が通されたのは、ただ衝立《ついたて》で仕切られただけの「応接間」で、ソファも、色が変って、元が何色だったのか、見当がつかなくなっている。

少し待っていると、女の子がお茶を運んで来る。

「父はすぐ参ります」

と、二十歳《はたち》ぐらいのその娘は頭を下げた。

「署長さんのお嬢《じょう》さん？」

羽佐間が、ちょっと目を見開いた。

「はい」

清楚《せいそ》な感じの、美しい顔立ちの娘だった。

羽佐間は、ちょっと娘の顔を見ていたが、

「――いや、お茶をどうも」

と、礼を言った。

「いいえ」

その娘が行ってしまうと、倫子は、

「どうしたの？」

と言った。

「いや、誰《だれ》か、知っている人間のことを思い出したんだ」

「今の人を見て？」

「うん。――しかし、誰のことかは、分らない」

「署長さんって、知ってるの？」

「いや、知らんよ。ここへ来たことはあるが、それは、あのホテルを造るときだ。書類上のことで……」

羽佐間は、ゆっくりとお茶を飲んだ。「――旨《うま》い。いいお茶を使っとるな」

「そう?」

倫子には、残念ながら、お茶の味は分らなかった。

足音がして、やや小柄《こがら》な姿が、衝立《ついたて》から現われた。

「お待たせしました」

と、髪《かみ》の半ば白くなった、その男は、言った。

「署長の、梅川《うめかわ》です」

羽佐間が啞然《あぜん》とした。

「――梅川先生! 梅川先生でしょう!」

「よくお分りですな」

と、梅川署長が笑顔《えがお》になった。

「いや――驚《おどろ》いた!」

「こっちこそ。こんな有名人においでいただいて、恐縮《きょうしゅく》ですな」

「先生……」

「『先生』はやめて下さい」

と、梅川は言った。「もう、この職について、三十年近くになる」

そして、倫子の方を見て、

「こちらは？」

と訊《き》く。

「娘です。倫子といいます」

羽佐間は、まだ半ば呆然《ぼうぜん》としている。「こちらは梅川先生だ。——あのとき、学校にいた……」

「三十年も前の話ですよ」

と、梅川は言った。「ところで、お話というのは？」

「そうだ」

羽佐間は、やっと我に返ったように、「実は女の子が一人、行方不明になりまして」

と言った。

「ほう」

「石山秀代。——同級生だった石山の娘なんです」

「彼が殺されたという記事を見ましたよ」

梅川は肯《うなず》いた。「どういう状況です？」

倫子が、父にかわって、説明した。

梅川は、厳《きび》しい表情で、

「たぶん、林の中で迷ったのだと思いますが——しかし、万が一ということも考えなくてはならない。手の空《す》いている者を、全部行かせましょう」

と言った。

「お願いします」

「ここで待っていて下さい」

梅川が席を外すと、羽佐間は、ホッと息をついた。

「いや、びっくりした！　まさか梅川先生が……」

「どういう人だったの？」

と、倫子は訊《き》いた。

「若い教師で、真面目《まじめ》な人だった。まだ――たぶん、二十四、五だったんじゃないかな、あのときは」

「どうして署長に？」

「教師を辞《や》めたんだ。それは聞いていたんだが……。まさか警官になったとは」

「変ってるわね」

「いや――」

羽佐間は、ちょっと間を置いて、「梅川先生は彼女を好きだったんだよ」

と言った。

「彼女って……高津智子さんを？」

「そうだ。高津先生の方が年上だったが、誰《だれ》の目にも、梅川先生の気持ははっきり分った」

「じゃ、殺されて、凄《すご》いショックだったんでしょうね」

と言ってから、倫子はハッとした。「それで、警官に――」

「そうだろう。それしか考えられない」

「で、三十年も？」

「おそらく、彼も待っているはずだ」

と、羽佐間は言った。「あのタイム・カプセルが開くのを」

梅川が顔を出した。

「――では出かけましょう。すぐに捜索の態勢に入れますよ」

そう言った表情は、いかにも信頼《しんらい》できる人柄《ひとがら》を、感じさせた。

「――ああ、くたびれた」

朝也が、ソファにぐったりと座り込《こ》んだ。

「もう夜よ、すっかり」

と、倫子は言ったが、それは言わずもがなで――窓の外は、暗くなっていた。

「どこへ行っちまったんだろう、彼女？」

朝也も、今まで、警官やホテルの従業員と共に、捜索に加わっていたのである。

「嫌《いや》ねえ、本当に」

倫子は、そう疲《つか》れていなかった。

もっぱら、ホテルの食堂で、連絡係《れんらくがかり》と、外から一休みしに戻《もど》った者へ、お茶を出していたのである。

「行方不明になるってのは、自分からいなくなるか、誘拐《ゆうかい》されるか、事故にあうか。

——その三つに一つだよ」

と、朝也は言った。

「分ってるわよ」

「彼女の場合は、どれだと思う?」

倫子は、黙《だま》って首を振った。

——ホテルのサロンである。

切り裂《さ》かれた絵のかわりに、今は、平凡な風景画が壁《かべ》にかけられている。

「やっぱり、合わないね」

と、倫子が言った。

「何が?」

「あの絵よ」

「——絵なんて、どうだっていいよ」

朝也はため息をついた。

「そんなことないわ」

倫子は、絵の方へ歩み寄った。「——きっと、秀代さんの失踪《しっそう》も、三十年前の、あの事件に関係があるのよ」

「例の殺人事件？」

「そう。それから、タイム・カプセル……」

倫子は振り向いて、「凄《すご》いことだと思わない？　三十年もの間、男たちを、じっとつなぎ止めていたなんて」

「うん……」

「三十年よ。三年だって、恋人《こいびと》を忘れるには充分だわ」

「君は冷たいからな」

「何よ」

倫子は、朝也をにらんだ。「——ともかく、その人のために、教師を辞《や》めて、警官になっちゃった人までいたんだから」

「うん、それは凄い」

「ね？　そこまでさせた、高津智子って人、私、興味があるの」

倫子は、風景画を見上げた。「決して、男の気をひくような女性じゃなかったわ。むしろ孤高《ここう》の存在で……。でも、だからこそ、あんなに熱く、憧《あこが》れを抱いたんでしょうね、みんな」

「でもさ──」

「なあに?」

「彼女の絵を切り裂いた奴《やつ》もいるよ」

そう。そうなのだ。

誰《だれ》かが、彼女を憎《にく》んでいた。──なぜだろう?

「ねえ、小池君、どうかしら。もし、あの絵を切り裂いたのが、憎しみからでなく、もっと他《ほか》の理由からだったら?──ねえ?」

倫子は朝也を見て、「呆《あき》れた」

と呟《つぶや》いた。

朝也は、ソファで居眠《いねむ》りをしていたのだ。疲れたのだろう。

倫子は、窓に寄って、表を見た。

暗くなった林の中を、光がいくつも、動き回っている。

まだ捜索は続いているのだ。──あの、梅川という署長の誠実さには、倫子も感心してしまった。

部下の警官たちも、不平一つ言わず、熱心に捜してくれている。

でも、本当に、秀代はどこへ行ったのだろう？

ふと、倫子は振り向いた。

ピアノの音。——ピアノを弾《ひ》いている。

あのピアニスト、中山久仁子だろう。

倫子の知らない、どことなく寂《さび》しいメロディだった。

こんなときにピアノをひくというのも、何だか妙なものだが、しかし、それが、真《しん》剣《けん》にひかれているので、却《かえ》って、腹立たしくはならないのである。

倫子は、食堂へ入って行った。

中山久仁子が、一人でピアノをひいていた。——他に、誰の姿もない。

倫子が歩み寄って行くと、中山久仁子は、手を止めた。

「何だか、一日に一度はピアノに触《ふ》れないと落ちつかないの」

と、中山久仁子は言った。

倫子は、ピアノに軽くもたれて、

「どうして、あの絵が欲しかったんですか？」

「あの絵？——ああ、切り裂かれたとか。ひどいことをするわね」

「なぜ、あの絵がほしかったんですか？」

と、倫子はくり返した。

「ほしかったから。――それだけよ」

「あの女の人を、知ってたんですか」

中山久仁子は、ちょっと倫子を見た。

「いいえ」

「じゃ、ただ、いい絵だな、と思って――」

「いい絵、ね。でも、好きじゃないわ」

意外な言葉だった。

「じゃ、なぜほしかったんですか?」

と、倫子は訊《き》いた。

「逆のものに魅《ひ》かれることって、あるでしょう?」

「ええ」

「あの絵の女性の持ってる、危険なものに、魅力《みりょく》を感じたの」

「危険なもの?」

「ええ。一種神聖な美しさ。――でも、女性が神になると、怖いわ。男を縛《しば》りつけて、放さない……」

そんな見方があったのか、と倫子は思った。

そう。——たとえば、あの梅川にしても、本来なら、生涯《しょうがい》教師でいたのだろうが、高津智子のために、それを変更《へんこう》してしまった。

ある意味では、梅川は一生を、あの女性に捧《ささ》げた、と言ってもいいのだ。

倫子は、きれいに、磨《みが》き上げられた、ピアノの表面を見下ろした。

自分の顔が、もちろん逆さに映っている。

そうだわ。——もしかすると。

ある考えが、倫子の頭に浮かんだ。

11　穴

「こら、起きろ！」

と、倫子は小池朝也の肩をつかんで揺《ゆ》さぶった。

「え？――ど、どうした？」

朝也は、ギョッとした様子で、目をパチクリさせると、「も、もう朝飯かい？」

と訊《き》いた。

「何を寝ぼけてんのよ。まだ夜中」

「あーここ、ベッドじゃないのか」

と、朝也は周囲を見回した。

サロンのソファで眠っていたのである。

「ベッドだったら、私がそばにいるわけないでしょ」

と、倫子は言った。「もっと早く起そうかと思ったんだけど、あんまり無邪気《むじゃき》な顔で寝てるから可哀《かわい》そうになってね」

「趣味悪いなあ」

と、朝也は苦笑して、目をこすった。「じゃ、部屋に行って寝るよ。おやすみ」

立ち上った朝也の腕を、倫子はぐっとつかんで、

「だめ！　秀代さん、まだ見付からないのよ」

「そうか。——でも、こっちだって、少し休まなきゃ……」

「あら、そう」

倫子は肩をすくめて、手をはなした。「じゃ、いいわ。私一人で捜《さが》して来る」

「おい、待てよ」

と、朝也はすわって、「こんな夜中に、どこってあてもなしに捜し回って、どうなるんだよ」

「あてがなきゃ、私だって明日にするわよ」

「何だって？　それじゃ——」

「ちょっと考えたことがあるの。一緒に来る？」

朝也はため息をついた。

「だったら、最初からそう言えばいいじゃないか。素直じゃないんだから！」

倫子は、クスッと笑って、

「そこが面白いところよ」

「こっちはちっとも面白くないよ」

と、朝也は大欠伸《おおあくび》をした。

「警察の人たちも、とうとう諦《あきら》めて引き上げたわ。明日は他《ほか》の場所を捜してみる、って」

「他の場所？」

「つまり——誘拐《ゆうかい》されたとか、最悪の場合は殺されてることも考えられるので、そういう場所を、ね」

「でも、あのとき、秀代君に、そんなに遠くへ行く余裕《よゆう》はなかったよ」

「分ってるわ。でも、実際に林の中で見付からなきゃ、他を捜すしかないじゃないの」

「でも、君は何か心当りがあるんだろ？　言ってやれば良かったのに」

倫子は、ちょっと困ったような顔になった。倫子だって、人並《ひとな》みに（？）困ることがあるのだ。

「そうも思ったんだけどね……。ただ、言うと笑われそうで」

「どういう意味？」

「ともかく来てよ」

そう言った倫子、いつ捜して来たのか、ちゃんと懐中電灯《かいちゅうでんとう》を手にしている。

「どこへ行くんだい？」

「あの林の中よ。決ってるじゃないの」

——表は、もう当然のことながら真暗である。都会と違って、どこからも電車やら車の音は聞こえて来ない。

「静かだなあ」

と、こんなときなのに、朝也はのんびりと言っていた。

「本当ね」

と、倫子も答える。「でも、何日かしたらきっと、あの都会の騒《さわ》がしさが、懐《なつか》しくなるわ」

「かもしれないな」

と、朝也は肯《うなず》いた。「——それで、どこを調べるんだ？」

「行き詰《づま》ったときは、原点に戻《もど》れ、よ」

と、倫子は言った。

「原点？」

「秀代さんが姿を消した所へ」

「あんなにしつこく捜したじゃないか」

「でも、もしかしたら、何かつかめるかもしれない。——足元に気を付けて」

もう、林の中へ入ると、ホテルの明りは届かない。懐中電灯で、足下を照らしながら、歩いて行く。

「――どの辺だったかしら？」

「待てよ。何しろ、こんなに暗くちゃ……。歩いた感じじゃ、これくらいの所だと思うけどな」

「じゃ、きっともう少し先だわ。こわごわ歩いてると、長く感じるもんだから」

――倫子の言葉は正しかった。

「ここだ」

と、朝也は足を止めた。「間違《まちが》いないよ。ここだ」

「じゃ、秀代さんが見えなくなったのは――」

「そっちの――照らしてみてくれよ。――そうだ。あの茂みの辺りだよ」

「調べてみましょう」

と、倫子は歩き出した。

「どこを？」

「あの茂み、そのものよ。――周囲は散々捜したけど……」

「あんな小さな茂み、人が隠れられっこないじゃないか」

「そう？」

二人は、その茂みの所までやって来た。

倫子は、

「これ、持ってて」

と、懐中電灯を朝也に渡《わた》すと、その小さな茂みの方へかがみ込《こ》んだ。そして、茂みの中へ手を突《つ》っ込んで、何やら探《さぐ》っている。

「何をしてるんだ？」

と、朝也は言った。

「待って。——ほら！　おかしいわ」

「何が？」

「ここへ手を入れてごらんなさい」

朝也は、何だか訳の分らない様子で、言われるままに、その茂みの奥を手で探った。

「——何もないぜ」

「地面を触《さわ》ってごらんなさい」

「地面って……。あれ？」

朝也は顔をしかめた。「変だな。下は土じゃない。何だか——鉄の格子《こうし》みたいになってる」

「鉄の蓋《ふた》なのよ」

倫子の言葉に、朝也は唖然《あぜん》としたように、

「つまり――下に穴があるのか！」

「そうよ。それなら、秀代さんが急に見えなくなったのも分るでしょう」

「驚いたな！」

と、朝也はため息をついた。「どうして分ったんだい？」

「ピアノでね」

「ピアノ？」

「そう。ピアノのツルツルの表面に、自分の顔が逆さに映ってて、それを見て、もしかしたら、って思ったの」

「どういう論理なのか、よく分んないけど、ともかく大したもんだね」

「ありがとう。じゃ、調べてみましょうよ」

「そうだな。――よし。開けられるかどうか、やってみるよ」

朝也は、すっかり目も覚めて、指をポキポキ鳴らすと、茂みの奥へ手を入れ、手探りで格子らしきものをつかんだ。

「大丈夫《だいじょうぶ》？」

「引っ張るぞ。――エイッ！」

と、力を込《こ》める。

「だめ?」

「いや、少しは手応《てごた》えがあって……。もう一度だ」

こういうときは、たいてい三度目にパッと開くものだが、ここでは二度目に開いてしまって、朝也は、みごとに引っくり返った。

「小池君! 大丈夫?」

「――うん、何とかね」

朝也は起き上って、頭を振った。

「まるで、カムフラージュしたようね」

「きっとそうだよ。こんなにうまく草が生えたりしないさ」

下水道の蓋《ふた》のように、四角い格子の隙間《すきま》に、土が詰っていて、草が植えてあるらしい。――外れた跡には、ポッカリと、五十センチ四方くらいの穴が開いていた。

「――ここから姿を消したのか」

と、朝也は覗《のぞ》き込んだ。「何も見えない」

「照らしてみましょう」

――懐中電灯の光を当てると、下へ降りて行く縦穴で、周囲はきちんと石を積んで、固めてある。そして、細い鉄のはしごがついていた。

「下は見えないわ。少なくとも三メートルくらいはありそうよ」

「こんな所に地下道があるのかな？」

「分らないわ。どうする？　入ってみましょうか？」

さすがに無鉄砲《むてっぽう》な倫子も、ためらっていた。

「誰《だれ》かに知らせようよ。僕らだけじゃ危険すぎる」

朝也が、まともな意見を述べる。

「そうねえ……」

倫子としては、多少未練もあった。

こんな冒険《ぼうけん》に、いつも憧《あこが》れていたのだ！

大体、女の子にしては、ちょっと変っているのである。

しかし、この真夜中に、たった一人で、いや、朝也と二人ででも、こんな穴の中へと入って行くのは、さすがに怖《こわ》かった。

倫子は、やや閉所恐怖症《きょうふしょう》の気味があるのである。

「分ったわ」

倫子は決心して、肯《うなず》いた。「ともかく、一旦《いったん》ホテルに戻《もど》ろう」

「そうしよう。警察がちゃんと調べてくれるさ」

「でも――」

「何だい？」

「そのときは、私も一緒に中へ入るわ」

朝也が呆《あき》れたように目を丸くした。

二人が林を出ると、ホテルの方から誰かがやって来た。

「――お父さん！」

「何をしてたんだ」

と、羽佐間の声は少しきつかった。「姿が見えないというんで、ホテル中捜してたんだぞ」

「ごめん。ちょっと二人で――」

「何も林の中まで行くことはないじゃないか」

「え？」

「ちゃんと部屋を使え。怒《おこ》りゃせん」

倫子と朝也は顔を見合わせた。

「――違うんです！」

と、朝也があわてて首を振った。

「違う？　すると二人で、林の奥へ行って、トランプでもやってたというのかね？」

「お父さんったら！　私たち、大発見したのよ」

倫子が、あの縦穴のことを話すと、羽佐間もさすがに目を丸くした。

「そいつは大変だ！　よし、すぐに警察へ知らせよう」

ホテルの方へ戻《もど》りかけて、羽佐間は足を止め、「君らはもう寝るんだ。分ったね」

と言った。

朝也と倫子がサロンに入って行くと光江がナイトガウン姿で起きていた。

「まあ、どこにいたの！」

「ごめんなさい、心配かけて。でもね――」

「何も外へ行かなくたって。風邪《かぜ》引いたらどうするの？」

――倫子は、理解ある両親を持つのも、疲れるもんだわ、と思った……。

「――こんな時間に、悪かったですね」

と羽佐間が言うと、署長の梅川は、ちょっと笑って、

「これが仕事ですよ」

と言った。「ともかく、こっちが見付けられなかったのは、何ともお恥《は》ずかしい次第です」

林の奥に、光が溢《あふ》れている。

羽佐間の通報で、警官たちがやって来たのだった。

梅川署長は、前夜の捜索にもずっと付き合っていて、かなり疲れているはずだった

が、こうして、ほとんど遅れずに、駆《か》けつけて来ていた。

「では行ってみましょう」

と、羽佐間が歩き出す。

ドタドタと足音がして、追って来たのは——もちろん倫子である。

「倫子、もう寝ろと言ったじゃないか」

と、羽佐間が言った。

「いやよ。自分の見付けたものは、最後まで見届ける」

羽佐間はため息をついて、

「頑固《がんこ》な奴《やつ》でして」

と言った。

「いや、しっかりしたお嬢さんで結構じゃありませんか」

と、梅川は楽しげに言った。

「小池君はどうした？」

「あの人は素直だから眠ってるわ」

羽佐間は苦笑した。

あの、倫子が発見した穴は、今、いくつもの強いライトで照らし出されていた。警官が十人近くも立っている。

「署長、入ってみますか」

「ああ、もちろん構わん。ただ、一応用心しろよ。中がどうなっているか分らんのだからな」

「はい」

若い警官が一人、帽子を取って、穴の中へと降り始める。

「中を照らせ」

と、梅川が言った。

ライトの一つが、穴のふちまで寄せられて、光を穴の中へと向ける。

倫子は、緊張の面持ちで立っていた。——しばらく待ったが、中からは、何の声もなかった。

「——どうしたのかしら」

と、父の顔を見る。

「さあね。分らんな。——しかし、こんな所にどうして穴が……」

羽佐間は、不審《ふしん》げに呟《つぶや》いた。

穴から、警官がヒョイと頭を出した。

「どうした?」

と梅川が声をかける。

「底まで三メートルほどです。そこから、横穴が続いているんです」

「横穴だって?」

羽佐間が前へ出た。「かなりありそうですか?」

「まだ入っていないんですが——見た感じでは、大分奥へ続いているようです」

これには倫子もびっくりした。

そんなに大がかりなものとは、思ってもいなかったのである。

「よし」

と、梅川が言った。「私が入ってみよう。他《ほか》に二人、ついて来てくれ」

倫子は無意識の内に、

「私も行きます!」

と進み出ていた。

12　探険

「それで、どうしたんだい？」

と、朝也が訊《き》いた。

しかし、倫子の方は、素知らぬ顔で、コーヒーなど飲んでいる。

「ねえ、それから――」

「いいお天気ねえ、今日は」

と、倫子は窓の外に目をやった。

朝也はため息をついた。

「僕がゆうべ眠っちまったからって、そう意地悪しなくてもいいじゃないか」

「あら、だって、大して興味がないんだと思ったの」

そこへ光江が、

「倫子さん」

と、声をかけて来た。「小池さんをいじめるのはいい加減になさい」

「いいのよ、遊んでるんだから」

「だって、気の毒じゃないの」

「そう。気の毒だよ」

と、当の朝也が大真面目に言ったので、倫子は、笑い出してしまった。

「結局、何も見付からなかったのよ」

「なんだ、そうだったのか」

――倫子と朝也、それに羽佐間夫婦が、遅《おそ》い朝食を取っている。

あの「トンネル」の捜索を終えたときは、もう、空が白みかけていたのである。

「――食事、終ったら、行ってみようか?」

と倫子が言った。

「あの穴に?」

「トンネルよ」

「OK。じゃ、早速――」

「レディが食事を終えるまで、待っててちょうだい」

悠々《ゆうゆう》と、倫子はパンにバターをつけた。

「――あなたはお出かけ?」

と、光江が羽佐間に訊いた。

「いよいよ、あさってだからな」

と、羽佐間が肯く。「色々、段取りをつけておかんと……」

あさって。——そう。あさって、問題の「タイム・カプセル」が掘《ほ》り出される。

高津智子殺しの、何か重要な手がかりが、そこに納められているのだろうか？

「——しかし、三十年後になって、まだ、見付かっちゃまずいものって、何だろう？」

と、ホテルの外へ出て、朝也が言った。

「そうね。——たぶん——」

「凶器《きょうき》？」

「持主がはっきり分るような、ね」

「でも、それならどうして石山さんを殺したりしたんだろう？　どっちにしたって、カプセルを掘り出せば、分っちまうことじゃないか」

倫子は肩をすくめた。

「ここへ誰も来させないようにするつもりだったのかもしれないわ」

「恐《おそ》ろしくて？　でも、それなら、もっとはっきり、そう分るようにするんじゃないか？」

「どうやって？」

と、倫子は訊《き》いた。

「そりゃあ——脅迫状《きょうはくじょう》を送るとか、色々あるじゃないか」

「そうねえ」

——朝也の言うことにも一理ある、と倫子は思った。

しかし、却《かえ》って、忘れているかもしれない人間に——三十年もたてば、人間、忙《いそが》しさに紛《まぎ》れてしまうものだ——タイム・カプセルのことを思い出させる危険もあろう。

「——あ、こっちよ」

と、倫子が、また林の中へ入って行く。

昨日《きのう》の穴は、そのままになっていた。

警官が一人、退屈《たいくつ》そうに穴のそばに座っていた。

「おはようございます」

と、倫子が声をかけると、警官も、

「ゆうべはご苦労さま」

と、にこやかに応じた。

「ちょっと中へ入っていいですか？」

「ええ。じゃ、そのライトを持って行って下さい」

「はい。どうも」

倫子は、ライトを朝也に持たせて、先に穴を降りて行った。

初めて入ったときのスリルは、もうないけれど、こんな「秘密の通路」があるというだけで、倫子は興奮して来るのだった。

「へえ、結構深いんだな」

と、朝也が感心したように言った。

「――さあ、下よ。ここから横穴――というより、通路ね」

広い――といっても、人一人通るには充分という意味だが――通路を、二人はゆっくりと進んで行く。

「長いね」

と、朝也はまた感心の様子。「一体、どうしてこんなものがあるんだろう?」

「分んないわ。そう新しいものでもないらしいけど……。三十年も前からあったとも思えないわね」

「どこへ出るの?」

「ついてらっしゃい」

と、倫子は歩いて行った。

やがて、トンネルの奥に、白く光が見えて来る。

「あれが出口よ」

「どこなんだい？」

「山の中。ちょっと見ても分らないように、少し上向き加減になってるのよ」

「なるほど。上りになってるね」

「よく考えて作ってあるってことだわ」

「こんなもの、そう簡単には、作れないだろう」

「梅川さんが調べてるはずよ。誰《だれ》が、何のために作ったのか、ね」

二人は、ライトを消し、出口を、半《なか》ば覆《おお》っている草や木の葉を押《お》しのけて、外に出て行った。

「キャッ！」

と、倫子が声を上げた。

「ど、どうした？」

と訊《き》いた朝也も、びっくりした。

目の前に誰かが立っていたのだ。いや——知らない顔ではなかった。

「こんにちは」

と、中山久仁子は言った。

ホテルにいるピアニストである。

「——ああ、びっくりした！」

と、倫子は言った。

「こっちもよ」

と、中山久仁子は言ったが、倫子にはそう見えなかった。

「何をしてらしたんですか?」

「見物よ」

と、中山久仁子は言った。「こんな抜け道なんて、珍《めずら》しいでしょ」

「よくご存知でしたね、この場所を」

「お巡《まわ》りさんに訊いたの。親切に教えてくれたわ」

と、中山久仁子は微笑《ほほえ》んだ。

確かに、こういう美人には、親切に教えてくれるかもしれない。

ま、いいや。こっちには「若さ」があるんだ!

倫子は一人でいい気になって、朝也と一緒に山を下って行った。

下りといっても、ほんの少しである。

そこから道に出て、町までは割合に近いようだった。

「すると、秀代さんは、ここから出て、どこかへ行っちまったのかな」

と、朝也が周囲を見回した。

「そうかもしれないわ。でも、秀代さんがどうして、そんなやり方で姿を消すの?」

「そうだなあ……」

「帰ると言えば帰れたのよ。それに、あのカプセルを見に来たんだもの、帰らないと思うけど……」

二人が、町の方角へ歩き出すと、

「羽佐間さん」

と、中山久仁子の追って来る声がした。

「何か？」

「さっき、ハンカチを落としたでしょ」

と、白のハンカチを出す。

「私……。いいえ、落としてません」

倫子は首を振った。

「あら、そう？　でも、〈M・H〉ってプリントしてあるのよ」

「ちょっと見せて下さい」

倫子は、そのハンカチを手に取った。とたんに思い出す。

「そうだわ」

「やっぱり、あなたの？」

「ええ。もともとは。私、ちょっと秀代さんに貸してあげたんです」

「じゃ、彼女が落としたんだ」

と、朝也が言った。

「これ、警察へ届けた方がいいかしら」

「そりゃそうだよ。何しろ行方不明者のハンカチなんだから」

「——ほら、パトカーだわ」

道を、パトカーが走って来て、二人の前に停《と》まった。

「やあ、少しは眠れた？」

と窓から顔を出したのは、梅川だった。

「これからどちらへ？」

「学校だよ。羽佐間君も来るだろう」

「じゃ、そのハンカチ——」

と、朝也が、ハンカチを差し出し、言った。

「何だね？」

「実は——」

と、倫子が事情を説明した。

「なるほど」

梅川は肯《うなず》いた。「じゃ、お乗りなさい。学校まで送ります」

「すみません――あら、中山さんは？」

「知らないよ」

――中山久仁子の姿が見えない。

「また、どこかへ消えちゃったんじゃないだろうな」

と、冗談《じょうだん》に言って、朝也は倫子にけとばされることになった……。

パトカーが走り出すと、倫子は言った。

「署長さん」

「何か？」

「三十年前の、高津先生が殺された事件のこと、教えて下さい」

と、倫子は言った。

「興味がある？」

「ええ」

「いいでしょう」

と梅川は、肯いて、少し間を置いて、話し出した……。

13　四人の男

「お父さんから聞いたかもしれないが、私は三十年前、あの事件が起ったときは、あの学校で、国語の教師をしていた」

と、梅川署長は言った。「私は二十四歳で、まだまだ教えることに情熱をかけていた。――もちろん、そのころ、もう高津智子先生はかなりのベテランで、私のような青二才は、色々と教えられることもあったんだ」

「署長さんは」

と、倫子《みちこ》は言った。「高津先生のことが好きだったんでしょ」

「お父さんに聞いたね」

と、梅川は、ちょっと笑った。「それは事実だ。しかし、あのころ、高津先生に恋していたのは私だけじゃない。男の先生たちはみんな、と言ってもいいくらいだ。先生とは限らない。生徒だって、もう高校生だ。恋もする年齢《ねんれい》だよ」

「じゃ、私の――」

「そう。君のお父さんも、きっと高津先生に心を奪《うば》われていたんじゃないかな。そうでなかったら、三十年もたって、ここへやって来ないだろうからね」

「それはそうですね」

と、倫子は肯いた。

「そう。――あのころの高津先生の姿は今でもはっきり思い浮かべることができるよ」

梅川は、やや目を遠くへ向けて、過去に浸《ひた》っているように見えた……。

「私は、後で結婚《けっこん》した。――もちろん妻のことは愛しているが、しかし高津先生は全く別の存在なのだ。死んでしまったからこそ、そう思えるのかもしれないがね……」

倫子は、ふと、思った。もし自分の夫が、いつまでも、かつての恋人の面影《おもかげ》を抱いていると知ったら、どんな気がするだろう……。

「――ともかく、話を戻《もど》そう」

と梅川は言った。「まあ、警察官らしく、事務的に言えば、その当時、四人の男が、特に高津先生を巡《めぐ》って争っていた」

「四人も？」

私なんか、全然、争われたことがないわ、と倫子は妙なところでひねくれた。

「そう。私と、滝田先生」

「数学の先生ですね」

「そう。よく知ってるね」

「あの古い校舎でお会いしました」

「あの先生は、当時もう結婚していたんだが、それでも高津先生に夢中《むちゅう》になって、大変なものだった。──あの事件の後、それがもとで奥さんと別れたはずだ」

「そうだったんですか。後の二人は?」

「一人は君のお父さん」

「父が? そんなに目立つくらい、凄《すご》かったんですか?」

「まあね。しかし、青春時代の、年上の女性への恋は、熱烈《ねつれつ》なものだよ」

「そんなもんですか」

「あとの一人は、もう死んでしまったが……」

「石山さんですね」

と、倫子は反射的に言った。

「その通り。あの行方不明になった娘の父親だよ」

と、梅川は言った。「しかし、それは、この四人しかいなかったという意味ではないよ。目立ったのがこの四人だった、ということなんだ。実際に、ひそかに思いこがれている男が、何人もいたに違いない。──むしろ、目立った四人は、それだけ純情だったのかもしれないね」

　そうか。――倫子は、ちょっとドキッとした。

　高津智子を殺した人間は、もしかしたら、その四人の中にいるのかもしれない。つまり、父を含めた四人の中にだ。

「だが、高津先生は不思議な女《ひと》だった。――総《すべ》てに超然《ちょうぜん》としているようで、誰《だれ》の誘《さそ》いも拒《こば》んでいるように見えた……」


「滝田先生」

　梅川は声をかけた。

　滝田の背中は、もう、誰が呼びかけたのかも、何の用なのかも、総て承知しているように、ちょっと揺《ゆ》らいで、振り向くと、

「何ですか、梅川先生」

「お話があります」

　滝田は、ちょっと苦笑いをした。

「そう怖い顔をしなさんな。しわが増えますよ、まだ若いのに」

「お話があるんです。ぜひ――」

「分った、分りましたよ」

と、滝田は手を上げて、「今はともかく人目がある。放課後にしませんか」

「ええ、僕は——」

「じゃ、声をかけて下さい」

滝田は、さっさと歩いて行ってしまった。

梅川は、ゆっくりと深呼吸をして、気持を鎮《しず》めようとしたが、あまりうまく行かなかった。——何となく、適当にあしらわれた感じだ。

本当に放課後まで、残っているだろうか。

「うまく捕《つか》まえなきゃ」

と、梅川は呟《つぶや》いて、職員室に向って歩いて行った。

今日こそ、はっきりさせなくてはならない。

職員室に入ろうとして、ドアに手をかけると、中からサッと開いて、梅川はギクリとした。

「あら、梅川先生。すみません」

と、高津智子が言った。

「いいえ」

梅川はわきへよけて、高津智子を通した。彼女が、ちょっと微笑《ほほえ》んで、会釈《えしゃく》して通って行く。——梅川の胸は、まるで世間知らずの少年のように、早鐘《はやがね》を鳴らしていた。

しっかりしろよ、全く！

梅川は、自分を叱《しか》りつけた。しかし、これぱかりはどうすることもできない。はた目には、何と馬鹿《ばか》げたことと映るかもしれないが、恋というのは、元来がそんなものだ。ただ、教職にある身だということが、梅川にとって、辛《かろ》うじてブレーキになっていた。

そうでなかったら、どこまで突っ走っていたか分らない。

梅川は、廊下《ろうか》を歩いて行く高津智子の後ろ姿を見つめていた。——何か、白いものが、彼女のかかえている教科書の間から、フワリと落ちるのが見えた。

ハンカチかな？

梅川は、急いで歩いて行って、それを拾い上げると、彼女を呼び止めようとしたが……。いや——違う。

それは、折りたたんだ白い紙だった。何かのメモだろうか？　開いてみて、梅川はギョッとした。

素早く周囲を見回し、その紙を、ポケットへ滑《すべ》り込《こ》ませる。

この時間、梅川は授業がなかった。席に戻《もど》って、事務員の女の子のいれてくれたお茶を飲んだ。

「ありがとう」

お茶をつぎに来てくれた女の子に礼を言うと、

「高津先生にいれたのと同じお茶の葉ですよ。格別おいしいでしょ」

と、からかわれてしまった。

それくらい、梅川の気持は、学校の中に知れ渡ってしまっているのだ。

しかし、妻子のある身で彼女につきまとっている滝田に比べれば、梅川に対するみんなの目は好意的だった。

それは必ずしも梅川の手前勝手な思い込みではない。もともと、滝田は女性に対してはだらしのないところがあり、よく思われていなかった。

それに対して、梅川は真面目さが好感を持たれていた。教えることの情熱が、目の輝《かがや》きとなって、ほとばしっているような、そんな若々しい教師だった。

だが——いずれにしても、高津智子は、二人のどちらにも、なびいている様子はなかったのである。

梅川は、事務員の女の子が行ってしまうと、ちょっと周囲を見回した。三、四人の教師が授業がないらしく、新聞を見たりしている。

大丈夫だ。——梅川は、拾ったメモを開いた。

〈今日、放課後、体育館の裏でお待ちしています。どうしても話したいことがあるのです。僕は何時間でも待っています。石山〉

「石山か……」

と、梅川は呟《つぶや》いた。

石山のことは、もちろん知っている。梅川も教えている生徒だ。

どちらかといえば、暗い、内向的な少年である。無口で、目立たない。

確かに、美しい女教師に、ひそかに憧《あこが》れるタイプではある。——厄介《やっかい》なことだ、と梅川はため息をついた。

彼女は、このメモを見たのだろうか？

梅川は、席を立って、高津智子の机の方へと歩いて行った。机の上は、他《ほか》の教師たちと比べても、際立《きわだ》ってきれいに片付けられている。

クラスの担当表を見て、梅川は、前の時間彼女が石山のいるクラスを教えていたのを知った。——おそらく石山が、どうにかして彼女の教科書に、このメモを挟《はさ》み込んだのだろう。

おそらく、彼女はこのメモを見ていない。教科書を開かないままに、次の授業に行ってしまったのだ。

もし、見ていたら、教科書に挟んでおくようなことはしないで、どこかへしまい込んでいたに違いない。

どうしたものだろう？

席に戻《もど》って、梅川は考え込んだ。——本当なら、これを彼女に返して、後は彼女に任せるべきだろう。

しかし、梅川にはそうできなかった。

生徒が教師に熱を上げるのは珍しいことではない。いちいち本気で相手にしていたら、きりがない。——彼女だったらどうするだろう？

行くかもしれない、と梅川は思った。

彼女は、そういう女性なのである。

もちろん、こんなことをしてはいけないと意見するだろうが、相手にとっては逆効果でしかない。相手にとっては、来てくれたということが、大切だからだ。

これは渡さずにおこう、と梅川は思った。——結局待ち呆《ぼう》けを食えば、石山も目が覚めるかもしれない。

石山のためにも、彼女のためにも、それが一番いい。

梅川は、メモを小さく折りたたんで、胸のポケットに入れた。

半ば、自分をごまかしていることは、彼自身、承知の上だった。

もう一人、高津智子に想《おも》いを寄せている生徒がいた。羽佐間栄一郎である。

羽佐間は、石山とは対照的に、明るく、スケールの大きさを感じさせる男だった。

高津智子を好きだということも、まるで隠さずに言いまくっているので、知らぬ者はなかった。そんな羽佐間には、梅川も、一種爽《さわ》やかなものを感じていた。

梅川は、頭を振った。――ともかく、今は仕事時間だ。

次の授業の準備を始めながら、梅川はチラリと目を窓の方へやった。

窓からは、運動場が見える。職員室は一階なので、表を通る人間の頭が覗《のぞ》いて見えるのだった。

梅川は、おや、と思った。

見たことのある女性が、職員室の中を覗いている様子だ。

梅川は立ち上って、窓の方へ歩いて行った。

その女性は、梅川に気付くと、あわてて歩き出した。梅川は思い出して、

「滝田さん」

と声をかけていた。「滝田先生の奥さまですね？」

その女性は足を止めて、振り向いた。

やはりそうだ。――そう何度も見かけたわけではないが、何となく印象に残っていた。

「梅川です」

「いつも主人が――」

と、夫人は、低い声で言って頭を下げた。

「ご主人にご用ですか?」

「ええ、あの……」

「今、授業があって。——お急ぎでしたら、お呼びしますよ」

「いえ。待ちますから」

「じゃ、お入りになったらいかがです?」

夫人は、しばらくためらっていたが、やがて、黙ったまま肯《うなず》いた……。

——梅川は、小さな応接室に、滝田夫人を通した。

「お茶でも運ばせましょう」

と、出て行きかける梅川を、

「いえ、どうぞもう——」

と、止めて、「あの——梅川先生にも関係のあることだと思いますの。お話しする時間はございませんでしょうか」

引き止めたい、という思いが、にじみ出ていた。

「結構ですよ。今は授業がありませんから」

梅川は、椅子《いす》に腰をおろした。「どういうご用件でしょう」

滝田夫人は、不幸に見えた。

いや、そうはっきり言い切ってしまうのは、少々無責任かもしれないが、しかし、事実、梅川はそう感じたのである。

もともと、滝田夫人は、少し陰気《いんき》な、おとなしい性格の女性に見えた。いつも、申し訳なさそうな様子をしている。

人生にいじめられて来た人間に共通の、ある物哀《ものがな》しさが、その表情に、いつも漂《ただよ》っていた。

諦《あきら》め。——それが、夫人を支えているようだった。

大して根拠《こんきょ》もないのに、梅川はそう感じていた。直感的に、また、どこか自分と共通の感性を、この夫人が持っているという気持が、そう思わせたのかもしれない。

「お話というのは……」

「はい。——実は、高津先生のことなんです」

と夫人は言った。

14　美しい死

「高津先生が――どうかしましたか」

梅川は、やっと平静さを装《よそお》って、言った。

もちろん、夫人が、夫の高津智子への気持を知っていて不思議はない。しかし、そうして正面切って言われると、やはり動揺《どうよう》せずにはいられなかった。

それに――そうだ、夫人は、梅川にも関係のあることだ、と言った。

「高津先生とのことを、何とかしなくちゃ、と、ずっと考えて来ました」

と、夫人は、顔を半ば伏《ふ》せたまま言った。

「はあ」

「このままでは、私の家はめちゃめちゃになってしまいます。――私だけならともかく、子供もあることですし、これ以上、黙っているわけには参りません」

「よく分ります」

夫人は、梅川の目を真直《まっす》ぐに見て、言った。

「高津先生が主人につきまとうのを、やめさせて下さいませんか」

「ええ？　何と言ったんですか？」

と倫子は思わず口を挟んだ。

「言い間違いではないよ。滝田先生の奥さんは、そう言ったんだ」

と、梅川は言った。

「でも……」

倫子は戸惑《とまど》って、「滝田先生の方が、彼女を追い回していたんじゃないんですか？」

と訊《き》いた。

「私も、そのときはびっくりしたよ」

梅川は肯《うなず》いた。「しかも、どう見ても、奥さんはそう信じていたらしい。こっちは頭が混乱して来てね」

「言いにくかったんじゃないですか」

と朝也が言った。「奥さんにもプライドがあるでしょうから。だから、ご主人が追い回してるんじゃなくて、その逆だと——」

「あら、意外と女性心理に通じてるのね」

と、倫子がからかった。

「いや、それも一理あるよ」

と、梅川は笑顔《えがお》で言った。「しかし、おそらくは、滝田先生が、奥さんにそう言っていたんだと思うね。自分の方は避けてるんだが、彼女がしつこく言い寄って来るんだ、とね」

「男なんて、ずるいんだから」

と、倫子は言った。

朝也は渋《しぶ》い顔で、

「一般論にするなよ」

と、文句をつけた。

「ともかく――」

梅川は続けた。「私は、奥さんの話を聞いた。つまり、高津智子は、校長や教頭への受けも、とてもいい。その彼女と、こんなことでごたごたを起し、夫が学校にいられなくなりはしないか。それが、奥さんの一番の心配な点だった」

「――それが心配なんです」

「分ります」

と、梅川は肯《うなず》いた。

「主人は、教職一筋でやって来たんです。今、新しい学校に移ったら、これまでの苦労を、またくり返すことになります。──高津先生を恨《うら》んでいるというわけではないんです。ただ、もう主人をそっとしておいてほしい、と、それだけなんです」

──もちろん、滝田も夫人も、まだそう年齢が行っているわけではない。しかし、少なくとも、夫人は、ひどく老《ふ》け込んで見えた。

もしかすると、夫人の方がずっと年上なのかもしれない。

そうだとすれば、夫を奪われるという恐怖《きょうふ》に捉《とら》えられているのも、分るような気がした。

「お願いします」

と、夫人は頭を下げた。「高津先生に話していただけませんか。──ちょっとうかがったところでは、梅川先生が、高津先生とは一番親しくていらっしゃるとか……」

梅川は、ちょっと面食らった。

「いや──そんなことはありません」

と、あわてて言った。

「でも、お話しして下さいますわね？」

念を押《お》されると、梅川も困ってしまった。

もちろん、彼女と会って話をしたいのはやまやまである。

ただ、話してほしいという肝心《かんじん》の内容が、事実とは、まるで逆なのだからその通りに伝えれば、彼女は怒ってしまうだろう。

「何とかお願いします」

夫人にこうも頭を下げられては、梅川の方も、いやとは言えなかった。

「分りました。ともかく、話すだけは……」

と、言わざるを得なかったのである。

夫人が、何度も礼を言って帰って行くと、梅川は、職員室に戻《もど》った。

正直なところ、困ってはいたが、また嬉《うれ》しくもあった。少なくとも自分のためだけでなく、彼女に会う口実ができたからである。

そして——その日の授業が全部終った。

「——おかしいな」

と、梅川は呟《つぶや》いた。

もう、ほとんどの教師が教室から戻って来て、用事のある者以外はどんどん帰っているというのに、滝田と、高津智子は、一向《いっこう》に戻って来なかったのである。

何をしているのだろう？

もちろん、時には授業が長引くこともあるし、終った後、生徒の質問で引き止められることもある。

しかし、滝田と彼女の二人が、揃《そろ》って遅れているというのは、気になった。

梅川は、立ち上って、職員室を出た。とたんに、やって来た滝田と出くわした。

「やあ、梅川先生」

滝田は、ニヤリと笑った。——どことなく、人を苛立《いらだ》たせる笑い方だ。

「忘れちゃいませんよ。ちょっと片付けものを済ませたらね」

「ええ」

と、梅川は肯《うなず》いた。

すると、後は高津智子だけだ。

それにしても、ちょっと遅すぎるような気がする。

梅川は廊下《ろうか》を歩き出した。そして、あのメモのことを思い出した。

石山……。もし、彼女があのメモを読んでいたとしたら……。

体育館の裏へ行っているのかもしれない。

梅川は、向きを変えて、校舎から外へと出て行った。

ちょっと帰りの遅くなった生徒たちが、

「先生、さよなら」

と、声をかけて来る。

「さよなら」

気もそぞろに生徒たちへ手を振って、梅川は歩いて行った。

もちろん、体育館といっても、木造の、小屋みたいなものである。その裏手には、まだ雑木林が残っていた。

建物の角を曲ると、学生服の後ろ姿が見えた。

石山だ。――梅川は、石山が一人でいるのを見て、足を止めた。

彼女がここに来ていないことが分ればいいのだ。

しかし、引き返すより早く、石山が人の気配を感じたのか、振り返って、梅川を見付けた。

「先生――」

「やあ」

梅川は、そのまま戻《もど》るわけにもいかず、言った。「――何してるんだ?」

「先生は?」

訊《き》き返されると、梅川にも後ろめたさがある。つい、目を伏せてしまった。

「先生、僕の手紙を――」

「たまたま目に入ったんだよ。それで、気になってね」

「嘘《うそ》だ!」

石山は顔を真赤《まっか》にして、叫《さけ》んだ。「高津先生に隠したんだ! だから先生は来ないんだ！」

「待てよ。僕も用があって高津先生を捜してるんだ」

「卑怯《ひきょう》だ！　先生だからって——」

甲高《かんだか》い声で叫ぶと、石山は、林の奥へと走り出した。

「おい、石山！——おい！」

梅川は追おうとしたが、やめた。林の中の様子は、生徒の方が知り尽《つ》くしている。

梅川は肩をすくめて、校舎の方へと戻《もど》って行った。

「先生、危ない！」

という声に、顔を上げると、ボールが飛んで来た。

梅川は頭を下げて、両手でかかえ込んだ。——危機《きき》一髪《いっぱつ》、ボールは正に髪をかすめて飛んで行った。

「すみません！」

走って来たのは、羽佐間だった。

「気を付けろよ、おい！」

「狙《ねら》ったわけじゃないですよ」

「当り前だ」

羽佐間が、いともケロリとしているので、却《かえ》って怒る気にもなれない。

「――羽佐間、一人でキャッチボールか?」

と、梅川は訊《き》いた。

「高津先生が出て来るの、待ってんです」

「高津先生に用か」

「手紙を渡したいんです」

こうも堂々と言われると、苦笑するしかない。

「お前にゃ、まだ早いぞ」

「恋に年齢はないですよ」

と羽佐間は分ったようなことを言って、「でも、先生、今日は遅いですね」

「そうだな。僕も用がある。最後に授業があったのはどこだったかな」

「僕のクラスです。三年一組」

「何かあったか?」

「いいえ。でも、さっさと出て来ちゃったから、後は知らないけど。――職員室に戻ってないんですか?」

「ああ、そうなんだ。教室へ行ってみよう」

「一緒に行きます」

二人は並《なら》んで歩き出した。――羽佐間は、背が高く、梅川とほとんど変らない。

「先生」

「何だ」

「高津先生とデートの約束ですか」

「馬鹿言え。——仕事の話だ」

「先生は嘘ついてもだめですよ。すぐばれちゃう」

「こいつ！」

梅川は笑って、「今度の試験で、ギュウギュウしぼってやるぞ」

「あ、そりゃずるいや！」

羽佐間は明るく声を上げた。

校舎へ入ると、廊下にも、もうほとんど人のいる様子はなかった。

「——高津先生って人間なのかなあ」

と、羽佐間が言い出した。

「じゃ、何だって言うんだ？」

「天女ですよ。でなきゃマドンナだ」

「マドンナか」

と、梅川は笑って、「そんなところかもしれないな」

「あれ、先生の恋敵《こいがたき》ですよ」

と、羽佐間が言ったのは、滝田が、何だかぼんやりと、廊下に突っ立っているのが目に入ったからである。

「三年一組の前だな。──滝田先生、どうしたんです?」

と、梅川が声をかけると、滝田が、ぎょっとした様子で振り向いた。

梅川は、滝田が、真青《まっさお》になっているのを見て、びっくりした。

「大丈夫ですか?」

「大変だ!──高津先生が──」

滝田の声は震《ふる》えていた。

「高津先生が? どうしたんです?」

滝田は、黙って、教室の中を指さした。

開いている戸口から、中を覗《のぞ》き込んで、梅川は、我が目を疑った。

「──何だよ、これ!」

と叫《さけ》んだのは、羽佐間だった。

梅川も、叫びたかった。

こんなことが──こんなことがあってたまるか、と。

しかし、それは幻《まぼろし》でも何でもない現実だった。

教室の中に、傾《かたむ》いた陽射《ひざ》しが、ゆるやかに射《さ》し込《こ》んでいた。そして、教壇の上に、高津智子は倒《たお》れていた。

血に染った高津智子は、陽を浴びて、まるで名画の中の主人公のように、美しく見えた。

15　招かれた客

「そうそう」

梅川署長は、ふっと口調《くちょう》を緩《ゆる》めた。「少し話が先に行き過ぎてしまったようだね」

聞いていた倫子は、ホッと息をついた。

高津智子の死体を発見したときの光景があまりに鮮《あざ》やかに目の前に浮かんで来て――それは本当に不思議なほどだった――思わず息を殺すほどの緊張感《きんちょうかん》に捉えられていたのである。

「話しておかなくてはいけないことが、まだあったよ」

と、梅川は言った。

「――あ、そうか」

倫子は思い付いて、「タイム・カプセルのことですね」

「その通り」

梅川は、ちょっと微笑《ほほえ》んで見せた。

「三十年も前に、タイム・カプセルなんてものを、誰《だれ》が考えついたんですか?」

と訊《き》いたのは朝也だった。

「いや、そのときは『タイム・カプセル』などと呼んではいなかったんだよ」

と、梅川は言った。「大体、そういう発想が、そのころあったのかどうか。もし、あったとしても、こんな田舎町《いなかまち》の少年たちが、そんなことを知っているわけもない」

「じゃあ――」

「うん。ちょうど三年生も二学期になっていて、みんなで、学校に何を遺《のこ》して行こうかという話をしていたんだ。――それぞれの卒業生が、毎年、何かを学校に遺して行くというのが、いわばならわしだったからね」

「それで誰かが言い出したんですね」

「いや、そんなしゃれたことを、思い付く奴《やつ》はいなかったよ」

と、梅川は笑った。「ただね、ちょうどそのころ、ある生徒の家の庭で、穴を掘ったんだ。ちょっとした小屋を建てたい、というんでね。――すると、大きな箱が出て来た」

「何だったんですか?」

「宝物――かと、一瞬《いっしゅん》興奮したそうだ。しかし、開けてみると、古着だの、包丁だの、机の足だのというガラクタばっかりだった」

「どうしてそんな物を埋《う》めたんでしょう?」

と、倫子は言った。

「分らないね。ともかく、中に入っていたボロボロの手紙で、三十年近く前に、その生徒の祖父が埋めたらしい、と分った。もっとも、そのときにはもう亡くなっていたので、どうして埋めたのかは分らなかったがね」

梅川は一つ息をついて、「ただ、その話を聞いた生徒の誰かが、僕らも何かを埋めたらどうだろう、と言い出したらしいんだ」

「それがタイム・カプセルにまでなったわけですね」

「そうらしい。――らしい、というのは、私は教師だったから、その辺の事情はよく分らないんだ。ともかく、生徒たちがまとめた結論を、聞いただけだからね。君のお父さんの方が、よく知っているんじゃないかな」

梅川は、ふと顔を上げた。「――ほら、学校に着いたよ。もし詳《くわ》しいことを知りたければ、お父さんに訊《き》いてごらん」

倫子たちの乗ったパトカーは、校庭へと入って行った。

「そのタイム・カプセルって、どこに埋めてあるんですか?」

と、倫子は訊いた。

「裏庭だよ。あの古い校舎の裏手になる。――ああ、君のお父さんだ」

羽佐間が、パトカーの方へと歩いて来る。

倫子がドアを開けて降り立つと、羽佐間は呆《あき》れたような顔で、

「倫子、何かやったのか？　連行されて来たんじゃないだろうな」

と言った。

「変なこと言わないでよ」

と、倫子はむくれて、「ちょっと乗せてもらっただけよ」

「図々《ずうずう》しい奴《やつ》だな！　すみません、梅川先生」

「いや、何人乗っても同じことですよ」

と梅川は笑って、「それに、その『先生』というのは、どうも——」

「すみません。しかし、ここに来ると、やはり、『先生』と呼びたくなりますよ」

と、羽佐間は楽しげに言った。

「例の場所の方へ行きましょうか」

「ええ。どうせお前も行くんだろう」

と、羽佐間が倫子を見る。

「何のためにここへ来たと思ってるの？」

倫子は、朝也の方を向いて、「小池君、行こう」

と促《うなが》した。

羽佐間と梅川、それに倫子と朝也の四人は、校庭を歩き出した。

すよ」

「――ここへ来る途中、高津先生が殺されたときのことを、お嬢さんに話してたんで
と、梅川が言うと、羽佐間は、渋い顔になった。

「どうせ、話してくれとせがんだんでしょう？　仕方のない奴だ。もう少し女らしい
ことに興味を持ってくれるといいのに」

「親の育て方に問題があったんじゃない？」

と、倫子が涼《すず》しい顔で言った。

「これだから、全く――」

と、羽佐間は苦笑して、「口ばかりが大人になって」

「ところで、例の場所は？」

と、梅川が言った。

「今、見て来たところです。変りないですね。掘り返されたような形跡《けいせき》はないようです」

「そうですか。私も何度か見に来たことはありますが」

「私も、何度か訪れているんです。もっとも、仕事の合間だから、そう度々《たびたび》というわ
けではなかったが」

「へえ、お父さんが？」

と、倫子が口を挟む。「働きバチがよく寄り道するヒマ、あったわね」

「こっちの方へ出張などで来ることがあると、足を伸ばしてたんだ」

「――一つ、署長さんにうかがっていいですか」

と倫子は言った。

「何かな?」

「この古い方の校舎、もうとっくに壊《こわ》されていて当然じゃありません?　どうしてこのまま残してあるんですか」

「それはね」

と、梅川は微笑《ほほえ》んで、「残してある、というわけじゃなくて、残っちゃったんだな。新しい校舎を建てるのに、取り壊しの分の費用まで使っちゃったわけだ。その後は、町の方でも予算が取れなくてね、つい放ったらかしということになって……。いや、実のところ、私も心配してるんだ。ともかく古い木造だからね。ちょっとした火で燃え上る」

「火遊びとか?」

「そう。――何しろ生徒たちは色々と無茶をするから。といっても、我々も昔はやったんだから、あまり言えたもんじゃないがね」

と、梅川は笑った。

「寂しくなるだろうな、この校舎がなくなったりしたら」

と、羽佐間が、いつになくセンチメンタルな口調《くちょう》で言った。

——四人は校舎のわきを回って、裏手に出た。

「あの大きな木の下だよ」

と、羽佐間が指さした。

何十年——いや、たぶん何百年と根を張った大きな木。

倫子には、何という木なのかも分らない。しかし、まるで太い腕のように中空へ伸びた枝は、どことなく見ている者を威圧《いあつ》しているような、堂々たる力強さを感じさせた。

「——この木の下なら、何を埋めておいても大丈夫、という気がしたんだ」

と、羽佐間が言った。

倫子も同じことを感じていた。

深い草に覆われた地面から、何やら板切れのようなものが突き出ている。

「——あれ、何なの？　お墓？」

「よせよ」

と、羽佐間は笑って、「あそこが、埋めた場所なんだ。いわば目印というわけさ」

「へえ」

倫子は、草をかき分けて、そこまで辿《たど》りつくと、その板切れを間近に眺《なが》めた。

文字が書かれていたらしいことは分るが、何も読み取れない。

「――強い木なんだな」

と、朝也もやって来て、板を叩《たた》いてみる。

「三十年たつのに、腐《くさ》ってもいないしね。大したものね」

「三十年もたてば、みんな忘れてしまうんじゃないかと思ったがね」

と、羽佐間が少し離れた所で、腕組みをしながら言った。

「三十年なんて、短いものですよ」

と、梅川が言った。

「全くですな」

羽佐間が肯《うなず》く。「たってしまえば、つい昨日のようだ。――そう。憶《おぼ》えてますよ。これを埋めるときに、埋めるのはいいが、掘り出す奴《やつ》がいるかな、とみんなで笑ったのをね」

「いよいよ、あさってだ」

と、梅川が、ちょっと目を上に向けた。

「だけど、お父さん」

と、倫子は父の方へと戻《もど》っていきながら、「他《ほか》に誰《だれ》もいないの？　お父さんと、署長さんと――それからあの先生――滝田っていったっけ」

「うん。私にもよく分らんよ。みんな、三十年もたてば、それぞれ生活というものがある」

「案内状を出したのは、お父さん？」

羽佐間が、けげんな表情で、

「案内状？」

と言った。「何のことだ？」

「滝田先生って人が言ってたわ。タイム・カプセルを埋めて三十年たった、っていう手紙が来たって」

「――それは妙だ」

羽佐間は梅川の顔を見た。

「私は出さないですよ」

「そうですか」

羽佐間は、ちょっと首をひねった。「変だな、誰がそんなことをしたんだろう？」

「お父さんの所には来なかったの？」

「来ていない。――私は、そんなことをしてまで大勢集める気はなかったんだ。忘れていない者だけが来ればいい、と……。もし私一人だったら、それでもいいと思っていたんだよ」

「――そうか」

と、朝也は、ふと思い付いたように、「実際に、そのタイム・カプセルの中に物を入れたのは生徒だけなんでしょう？　ということは、羽佐間さん一人が……」

「後は石山だな」

と、羽佐間が言った。「当人が死んで、その代りに娘さんが来たわけだが」

「そして行方不明よ」

と、倫子が続ける。「何かあるんだわ、やっぱり」

——誰《だれ》もが、少しの間、黙っていた。

風が出て、大木の枝が鳴った。

倫子には、まるでその大木が、フフ、と笑ったように聞こえた……。

「——ともかく、あさってまで待とう」

と、羽佐間が言った。「掘り出して、中に、何か思いもかけないものが入っているかどうか……」

「掘り出すのは、任せて下さい」

と、梅川が言った。「元気のある若い連中を動員しますから」

「それは助かります。どうしようかと思っていたんですよ」

「自分でやるには少々年齢《とし》を取ってしまいましたからね」

と、梅川は微笑《ほほえ》んだ。

——そのとき、足音がした。

ドタドタと、かなりあわてている足音だ。

「こちらでしたか！　社長！」

息を切らしつつやって来たのは、ホテルの支配人、入江だった。

「何だ、どうした？」

「いや、大変なんです！」

足を止めると、汗《あせ》が吹《ふ》き出て来るのを、せっせとハンカチで拭《ふ》いている。

「何が大変なんだ？」

「ともかく、ホテルへ戻って下さい。お客が——」

「何か苦情でも出たのか？」

「分った」

と、倫子が言った。「ゴキブリが出たんでしょ。それともネズミか」

「とんでもない！」

と、入江は顔をしかめて、「私は、そういうものが一番嫌《きら》いなんです。万全の対策を施《ほどこ》してあります。決してゴキブリ一匹——」

「それはともかく、何が大変なんだ？」

「はあ。——満員になってしまって」

「満員？」

「そうです。ドッと団体でお客様が――」

「そんな馬鹿な！」

と、羽佐間は憤然《ふんぜん》として言った。「団体は受け付けるなと言ってあるじゃないか」

「ですが、バラバラで一度においでになったんです」

と、入江はポケットから白い封筒《ふうとう》を出して、「これをみなさん、お持ちになって――」

羽佐間はその封筒の宛名《あてな》を見ると、眉《まゆ》を寄せた。

「これは――待てよ。確か、同じクラスにいた奴《やつ》じゃないかな」

中から出て来たのは、よく結婚式などの招待状に使う、厚手の紙に刷った手紙だった。

〈拝啓《はいけい》　皆《みな》さまにはお変りなくお過しでしょうか。

三十年前、タイム・カプセルを埋めたことを、皆さん、憶《おぼ》えていらっしゃると思います。その三十年目が、巡って参りました。――〉

「これが、滝田先生の言った案内状なんだわ！」

と、倫子は言った。

「宿泊先《しゅくはくさき》として、ちゃんとあのホテルの名が入ってるよ」

と、朝也も覗《のぞ》き込んで言った。

「——驚いたな！」

羽佐間は呟《つぶや》いて首を振った。「入江君、何人ぐらい来てるんだ？」

「はあ。ご家族連れの方も多くて。——全部で四十名ほど……」

「四十人！」

あの小ぢんまりしたホテルに一度に四十人もやって来たら、大騒ぎになることは、倫子にも想像がつく。

「分った。ともかく戻《もど》ろう。車か？」

「はい、そうです」

「私も行くわ。小池君、行こう」

羽佐間と倫子、朝也の三人は、入江の運転する車に乗って、ホテルへと向った。

「——こんなもの、誰が出したんだろう？　分らん」

車中で羽佐間が首をかしげた。

「お父さん」

「何だ？」

「お父さんの考案した客集めのPRじゃないの？」

羽佐間ににらまれて、倫子はペロリと舌を出した。

16　倫子、ボーイになる

「ともかく、ホテルが客を拒《こば》むわけにはいかん。何か問題のある客ならともかく、ホテルにふさわしい客となればな」

と、羽佐間は言った。

「お父さんったら」

と、倫子は笑って言った。「さっきまでは顔が引きつってたわよ」

いや、全くの話……。大騒ぎだったのである。

ホテルは満室となり、レストランも、時間予約にしないと、客をこなし切れない。

しかも、羽佐間の旧友たちということで、挨拶《あいさつ》や昔話もくり返された。

「――ああ、くたびれた」

と、ボーイが一人、やって来た。

このボーイ、朝也である。人手が足りないので、駆《か》り出されたのだ。

「ご苦労さま。さあ、食事にしましょ」

光江が盆《ぼん》を運んで来た。

――人気《ひとけ》のなくなった食堂。

羽佐間親子と朝也の四人で、やっと夕食を取るところである。もう夜の十一時だった。

「小池君、なかなか似合うわよ」

と、倫子がからかった。

「これで、いざとなったら就職できる自信がついたよ」

「――しかし、参ったな」

と、羽佐間が、ゆっくりと息をついた。

「でも、結局、二十人は集まったわけでしょ、お友だち」

「二十一人だ」

「凄《すご》いわね。三十年前のことなのに。――いくら案内状もらったって、来られる人なんて限られてるでしょうにね」

と、光江が首を振った。

「高津先生のことを、みんな忘れられないのかな」

と、朝也が、グラタンをいきなり食べて、熱さに目を白黒させる。

「でも、高津先生のために来たわけじゃないんでしょ？」

と、倫子が父の顔を見る。

「それは何とも言えんな。――口には出さないが、あの事件のことをよく憶《おぼ》えてる奴《やつ》もいるはずだ」

「時ならぬ同窓会ね」

と、光江が言った。「コーヒーをもらいましょうか」

「ああ、お腹空《なかす》いて死にそう！」

と、倫子は言った。

「半分も食べてるくせに」

「もうやっと普通《ふつう》の空腹状態に戻ったのよ」

と、倫子が言い返した。

「――あ、そういえば」

と、光江が言った。「あのピアニストの方、見ませんでしたね」

倫子と朝也は顔を見合わせた。

「そういえば……。全然気付かなかったけど」

「食堂へ来てたかな」

朝也は、ちょっと考えて、「――だめだ。全然思い出せないや」

「私も見かけた憶《おぼ》えがないな」

「でも、私たち昼間会ったのよ。ね、小池君？」

「うん。でも、あれっきりだな」

「また、行方不明？　いやだわ」

「部屋にいるかどうか、キーを見れば分るさ」

羽佐間は立ち上ると、フロントの方へと出て行った。

「――大変だったけど、みんな、よくやったわね」

と、倫子が言った。「ちゃんと手落ちなく、こなしてたじゃないの」

「その辺はね」

と、光江が微笑んで、「人員もゆとりがあるし、経験者を集めてるから。――新人やアルバイトばかりだったら、収拾がつかなかったでしょうね」

「お父さんらしいわ」

「あの人は、一流志向が強いから」

――羽佐間はすぐに戻《もど》って来た。

「出たきりのようだな。キーがフロントにある」

「そう。こんな時間まで、どこにいるのかしら？」

「分らんな。――十二時過ぎても戻らないようなら、梅川さんへ連絡《れんらく》しておこう」

倫子は、ふと思い付いて、

「そうだ。滝田先生って、どこに泊ってるのかしら？　ここにはいないんでしょ？」

「たぶん、知り合いの家じゃないかな。大分長くここにいたわけだから」

「先生で、他《ほか》にやって来た人は？」

「今のところ、いないと思うな。亡くなった人もいるだろうし……」

そのとき、人の気配がして、みんな、食堂の入口を振り返った。

あのピアニスト、中山久仁子が立っていた。

「──やあ、これはどうも」

羽佐間は立ち上って、「ちょっと今、心配していたんですよ」

と、中山久仁子は肯《うなず》いて、「フロントで聞きました。それで、ちょっとお寄りしましたの」

「ええ」

「お食事は？」

「済ませましたわ。──部屋の方へコーヒーを持って来ていただけます？」

「もちろんですよ」

「ちょっとお風呂《ふろ》に入ります。三十分ほどして、持って来ていただければ」

「分りました」

「おやすみなさい」

と、中山久仁子は会釈《えしゃく》して、出て行った。

「——心配することもなかったね」

と、朝也が言った。

「だけど……」

と、倫子がためらいがちに、「何だか妙だわ」

「何が?」

「夕食を済ませて来ましたって……。でも、どこで? あの町に、あの人の入るようなお店ってある?」

「どんなものが好物か分らないぜ」

「こんな時間まで開いてる店はないだろうな」

と、羽佐間が言った。「散歩したくなる晩でもない」

「ねえ、おかしいわよ」

「しかし、客にも色々いるからな。まあ、こっちが口を出すことではない」

羽佐間に言われて、倫子は渋々《しぶしぶ》口をつぐんだが……。

「——そうだわ」

と、指を鳴らした。

「何だよ? 君は大体、ろくなことを思い付かないからな」

「失礼ねえ！」

と、倫子は朝也をにらみつけた。

――三十分たって、言われた通り、ボーイがコーヒーを中山久仁子の部屋へと運んで行った。

ただ、このボーイ、ちょっと制服が合わないようで……。

当然だった。倫子なのである。

「大丈夫か？」

と心配する朝也を尻目《しりめ》に、さっさと余った制服を着込んで、コーヒーを運んで行く。

三十分ったって、女の入浴は多少長くなるのが普通である。うまく行けば、部屋の中や、持物を調べられるかもしれない。

いや、もちろん捜査令状はないのだから、見とがめられたらおしまいである。

倫子とて、そこまで危ないことは――やる気だった！

どうも気になるのである。あの女。

用もなくなったのに、なぜここに泊っているのだろう？

今度の一件に、何か関《かかわ》りがあるに違いない、と倫子はにらんでいた。

そう。それに中山久仁子は、行方不明になった石山秀代のハンカチを拾っている。

あの件の説明も、警察に訊《き》いてもらわなくちゃ。

「——ここだわ」

と、倫子は、ドアの前で足を止めると、「エヘン」

と咳払《せきばら》いをした。

ドアをノックして、

「コーヒーをお持ち——」

と言いかけて言葉を切ったのは、叩《たた》いた勢いで、ドアがスッと内側へ開いたからだ。

いや、倫子は別に超能力《ちょうのうりょく》の持主ではない。ドアの方が、少し開いていたのだ。

中は明るかった。

「失礼……します」

入ってみると、中山久仁子の姿は見えない。——いや、ベッドが盛《も》り上っている。

寝ちゃったのかしら？　でも、ドアを開けたままなんて……。

「あの——コーヒーです。お待ち遠さま」

ホテルのボーイにしちゃ、妙なセリフである。「コーヒーのご用は……あの……」

ベッドの方へと近づいて行く。

そして、ヒョイと覗《のぞ》いてみると——。

女ではない。ということは男だった。

そして——白目をむき、苦悶《くもん》の表情のまま、息絶えているのだ！

「あ……あ……」

さすがに倫子もショックで体が震えた。しかし、なぜかコーヒーの盆を、傍《そば》のテーブルに置く余裕はあった。

どうしよう？——そうだ、電話！

電話へ手を伸ばすと、いやでも死人の顔が目に入った。

この男は——。倫子はハッとした。

滝田だ！　あの高津智子に思いを寄せていた数学の教師である。

どうしてこんな所で？

肩先が見えているが、むき出しのままだった。どうやら裸《はだか》で寝ているらしい。

ともかく電話だ。

受話器を取り上げたとき、

「——動かないで」

と声がした。

振り向いて、またギョッとした。

中山久仁子が、拳銃《けんじゅう》を持って、立っていたのだ。

「受話器を置いて」

中山久仁子は、確かに風呂に入ってはいたらしい。バスタオルを体に巻きつけただけという格好だったのである。

「早く置いて」

仕方ない。倫子も、冒険は好きだが、撃《う》たれるのは好きじゃなかった。

「まあ、あなたは……」

と、中山久仁子は倫子だと気付いたらしい。

「あの――アルバイトで」

と、倫子は言った。

「そう」

中山久仁子は、見たところ落ちついているが、実際はかなり動揺《どうよう》しているようだった。

「あの――この人は？」

「死んでるのよ。私が殺したわけじゃない。本当よ！　でもね、この拳銃《けんじゅう》でやられてるの。私がやったと思われても仕方ないわね」

「だけど――」

「この拳銃だって、もちろん違法《いほう》だし」

中山久仁子は、ゆっくりと倫子の方へやって来た。「――あなたにしゃべられると、困ることになるわ」

「私、口が固いので有名なんです」

「手伝ってもらうわよ」

「手伝う?」

「これをどこかへ運ぶの」

「これ……って?」

「死体に決ってるでしょ」

倫子はゴクリとツバをのみ込んだ。

「私、あんまり力がないんですけど……」

「やってもらうわよ」

銃口《じゅうこう》がぐいと近づくと、倫子はあわてて、

「やります!」

と言った。

「それでいいわ。──ドアを閉めて。チェーンをかけて。──そこの椅子《いす》に座るのよ」

倫子が言われた通りにすると、中山久仁子はすぐ手の届く所に拳銃を置いて、服を着始めた。

「男のボーイだったら、ちょっと困ったことになったわね」

と、中山久仁子は、引きつったような笑顔になる。「バーは一時まで開いてたわね」

「ええ……」

「じゃ、二時まで待ちましょう。それから、二人でこれを運び出すの」

「でも——どこへですか？」

「それはこれから考えるわ」

中山久仁子は、拳銃を手に、椅子に腰をおろした。

17　銃口《じゅうこう》とお見合

倫子《みちこ》は、別に独身主義者ではない。

大体、十六歳で「独身主義」もないものだが。

結婚《けっこん》というやつ、相手さえいれば一度くらいはしてみてもいい、とは思っている。それも恋愛《れんあい》にはこだわらない。

別にお見合で結婚したって、そう抵抗《ていこう》はないし、それにお見合というのも、「くじ引き」みたいなもので（本来は大分違《ちが》うが）、結構面白そうだ、と思っている。

たとえ、恋人《こいびと》がいて、その男性と結婚することが決っていたとしても、一度はお見合というやつをやってやろう、と考えていた。

しかし、それはあくまで、人間が相手のお見合であって、今の状況《じょうきょう》のように、拳《けん》銃《じゅう》の銃口とお見合するというのは、あまり好みではなかった。

拳銃を構えている中山久仁子。ベッドには、滝田の死体。

たとえ、当人の言うように、中山久仁子が滝田を撃《う》ったのではないにせよ、やはり倫子としては、あまりリラックスできる状況とは言えなかった。

中山久仁子は、初めの内こそピリピリしていたが、十分もたつとすっかり落ちつきを取り戻《もど》した様子で、

「ああ、そうだわ」

と、倫子へ、「せっかくコーヒーを持って来てくれたんだから、いただくわ。注《つ》いでくれない？」

と言った。

拳銃の注釈つきで言われたら、もちろん、いやとは言えない。倫子は急いでポットのコーヒーをカップへ注いだ。

「手も震《ふる》えてないわね」

と、中山久仁子は、感心したように言った。「いい度胸してるわ」

「ちょっと鈍《にぶ》いんです」

と、倫子は素直に言った。

「あなたのお父さんは、なかなか大人物ですものね。あなたも、その血を受けついでるんでしょ」

「恐《おそ》れ入ります」

倫子は、穏《おだ》やかに礼を言って、「あの……」

「なあに？」

「あなたが撃ったんじゃないんですね」

「そうよ。――あなた、私の言うことを、信じないの？」

中山久仁子が、ちょっとムッとした様子で言ったので、倫子はあわてて、

「いえ信じます！」

と手を振《ふ》った。「ただ――もし良かったら、どうしてこうなったのか、それをうかがいたかったんです」

中山久仁子は、ちょっと肩《かた》をすくめた。

「私、犯人じゃないんだから、知らないわよ」

それは確かに理屈《りくつ》である。

「でも……」

「この男の人がここにいるのは、私も承知の上よ」

「というと――」

「泊《と》めてくれ、って頼《たの》まれたの」

「滝田さんにですか？」

「この人、滝田っていうの？」

逆に訊《き》かれて、倫子はびっくりした。

「名前も知らなかったんですか?」

「聞かなかったわ」

「あまり細かいことにはこだわらないんですね」

男が裸《はだか》でベッドにいる、というのが、「細かいこと」と言えるかどうかは、やや疑問もあった。

「そういうことね」

中山久仁子は、右手に拳銃《けんじゅう》を構えたまま、左手で、ゆっくりとコーヒーカップを取り上げ、飲んだ。

「頼まれたというのは……」

「町で、私、食事してたの。——こう見えても、ごく当り前のラーメンが大好きでね」

「へえ」

人は見かけによらないもんだ、と倫子は思った。

「町の小さな、あんまりきれいとは言えないラーメン屋さんに入ってたの。——この人、そこでチャーハンを食べてたのよ」

「はあ」

「そして、食べながら、私のことをチラチラ見てたわ。私がラーメンを食べ終えるのを、待っていたように、テーブルへやって来たの。そして、このホテルに泊ってるんだろう、って……」

「どうして知ってたんでしょう？」

「さあ、分らないわ。ともかく、そうだ、って答えると、自分も泊りたいけど、部屋がどうしても取れない、って」

中山久仁子は、ちょっと笑って、「いや、実は金があまりないんで、泊れないんだ、って白状したわ」

それはそうかもしれないわ、と、倫子は思った。大体、滝田は、金があるようには見えなかった。

「正直にお金がない、って言ったときの表情がね、何となく人なつっこくて、楽しくなったの。それで、ここへ泊める気になったのよ」

へえ。音楽なんかやってる人は、やはり、常人よりは衝動《しょうどう》的なところがあるのだろうか？

だって、どう見たって――この滝田と中山久仁子なんて、およそアンバランスな組合せの典型なのである。

「でも、ホテルへ入るときに目につくと困ると思ったから、フロントの人に、ちょっと頼みごとをして、急いで中へ入れたの」

「じゃ、さっき戻《もど》られたときですか？」

「ええ、そうよ」

――そんな余裕《よゆう》があったろうか？

倫子は、ちょっと疑問に思ったが、あえて口には出さなかった。

「それで、この人が先にお風呂《ふろ》へ入って、それから入れ替りに私が……。ところがね、私がお風呂へ入りかけたとき、ドアをノックする音がしたの。あなたのようにね」

「誰《だれ》が？」

「分らないわ」

と、中山久仁子は首を振って、「ともかく『どなた？』と訊《き》くと、『ルームサービスです』と言ったわ」

「そう言ったんですか？　それ、どんな声でした？」

「分らないの」

「でも、聞いたんでしょう？」

「ちょうどお風呂に入るところだったのよ。もう服も脱《ぬ》ぎかけてて。だから、浴室のドア越《ど》しに、この人へ『受け取っておいて』と言ったの」

「それで？」

と、倫子は、すっかり真剣《しんけん》になって、訊いた。

「そして、私はお風呂へ入ったわ。シャワーを出して浴びてたの。——そう、ほんの二、三分だったかしら。部屋の中で、バン、と大きな音がして……」

「銃声——」

「でしょうね。でも、シャワーを浴びてる最中で、それほどはっきり聞こえたわけじゃないのよ」

浴室のドアが閉っていて、シャワーを浴びていたのなら、確かに、聞こえなくてもおかしくない。

「でも、気になったから、一応シャワーを止めて、『どうかしたの？』って、声をかけたわ」

中山久仁子は、軽く首を振った。「——でも、返事はなかった。そして、ドアが閉る音が、かすかに、だけど、聞こえたようだったわ」

「誰《だれ》かが出て行った、というわけですね」

「そうでしょうね。——ともかく、私は気になって、急いでバスタオルで体を拭《ふ》いて、浴室を出たの……」

中山久仁子は、ちょっと言葉を切った。

「そのときは、もう、この状態だったんですか？」

と、倫子は訊《き》いた。

「いいえ。——ベッドで死んでいたけど、毛布はかかっていなかったわ」

「じゃ、あなたが、この毛布を?」

「ええ」

倫子は、少し間を置いて、

「——でも、どうしてそのときに、人を呼ばなかったんですか?」

と言った。

「簡単よ」

中山久仁子は、あっさりと言った。「この拳銃《けんじゅう》が、私のだったから」

つまり、中山久仁子の説明を信じるとすれば、滝田を殺した犯人は、この部屋へ入って来て、彼女の拳銃を使って、滝田を殺したということになる。

室内の銃声が、廊下《ろうか》には洩《も》れなかったのだろうか?

いや、それは充分《じゅうぶん》に考えられる。

ともかく、このホテルの造りはしっかりしているのだ。

それに、多少の音が廊下《ろうか》に洩れても、その音が、他の部屋にまで聞こえるとは、考えられない。

「だけど」

と、倫子は、至極当然の質問をすることにした。「どうして、拳銃なんか——」

「持ってたのかってこと？　それは言えないわ」

と、首を振る。

無理に訊く気もなかった。訊く方が遠慮《えんりょ》しなきゃいけない状況なのだから。

「でも——死体をどこへやるんですか、一体？」

倫子は話を変えた。

「考えてるわよ」

中山久仁子は、ちょっと苛立《いらだ》つように言った。

「別に——せっついてるわけじゃないんですけど」

と、倫子は、あわてて言った。

中山久仁子は、チラリと時計に目をやった。

「待ってると、時間って長いものね」

死体を前にしているにしては、呑気《のんき》である。

バーが一時に閉る。——しかし、ピッタリ一時で出る客ばかりではない。

だから二時になったら、この滝田の死体を運び出そうというのだ。

まだそれには三十分以上あった……。

「あなたって可愛《かわい》いわ」

中山久仁子が、突然《とつぜん》、そんなことを言い出したので、倫子は、びっくりした。

「はあ？」

「あの男の子——小池君っていったっけ？」

「ええ」

「恋人？」

「——そんなとこです。正確にはボーイフレンドと恋人の中間ぐらい」

なぜか倫子も、わざわざ真剣に答えていた。

「もう、一緒《いっしょ》に寝《ね》た？」

倫子は、ちょっとムッとしたが、

「いいえ」

と、素直に返事をした。

「あら、割と真面目《まじめ》なのね」

と、向うは妙《みょう》なことに感心している。

「そうでしょうか」

「私はあなたの年齢《ねんれい》のときは、もう男の子と一緒に住んでたわ」

と、中山久仁子は、静かに言った。

「一緒に、ですか」

訊《き》き返して、倫子は、中山久仁子が、「一緒に」というところに、かすかに力を入れて言ったような気がして、おや、と思っていた……。

おそらく、この女性は、たまたまこのホテルに泊って、この事件にぶつかったのではあるまい。

大体、普通《ふつう》、ピアニストが銃を持って歩いたりはしないだろう。ピアニストでなくたってそうだ。

つまり、この女は、目的があって、ここに泊っているのだ。

――どんな？　それは倫子にも見当がつかなかった。

そのとき、ドアをノックする音がして、二人は、同じようにギョッとした。

中山久仁子は、緊張《きんちょう》した面持ちで、

「動かないで」

と言うと、大きな声で、「どなた？」

と、声をかけた。

「ルームサービスの者です。よろしければ、盆《ぼん》を下げさせていただきます」

朝也だ。

倫子は、ホッとした。

「あなたの恋人のようね」

中山久仁子にも、分ったらしい。「じゃ、出てちょうだい」

「私が、ですか？」

「そう。あなた一人じゃ、この死体運ぶの大変でしょ？」

――そうか。

小池君にも手伝わせようというわけなのだ。

「さあ、立って」

と、促《うなが》され、倫子は渋々《しぶしぶ》立ち上った。

「中へ入れるのよ。妙なまねはしないでちょうだいね」

中山久仁子は、そう言って、ドアの陰《かげ》に、身を寄せた。

もう一度、ノックの音。倫子はドアを開けた。

「あれ？」

朝也は、倫子を見て、ちょっとびっくりしたようだ。

「何よ」

「いや――ちっとも戻《もど》らないからさ。見に来たんだ」

「あのね――」

「いないの？　あの女性……」

と、朝也が入って来る。

そして、倫子の顔を不思議そうに見て、

「どうしたんだい？　片目をパチパチやって。ゴミでも入った？」

と言った。

18　死体は重かった

「もう！　ドジなんだから！」

と、倫子は文句を言った。

「そんなこと言ったたって、仕方ないじゃないか！」

と、朝也が言い返す。

中山久仁子がクスッと笑って、

「仲のいいことね」

と言った。

二人は、ちょっと苦い顔で黙《だま》った。

もちろん、二人の前には、銃口がある。

「――そろそろ二時だわ」

と、中山久仁子は言った。「始めましょうか」

――気は進まないが、倫子と朝也の二人、死体を運び出すという、面白くもない仕事に取りかかることになったのである。

「毛布でくるんで。外から見ても分らないようにね」

これがまず大仕事。

いい加減硬直し始めた死体を、毛布でくるむというのは、言うは易《やす》く、実際は大変な仕事だった。

「こうなったら仕方ないよ」

と、朝也が諦《あきら》めの境地。

まあ、倫子としても、まだ死ぬ気にはなれない。

二人して、まず毛布をはがして床《ゆか》へ広げ、その上に、滝田の死体をのせる。

そして死体をくるむ。——ここまでで、三十分近くもかかってしまった。

この調子じゃ、朝になるんじゃないかしら、と倫子は思った。

「さて、次は運搬車《うんぱんしゃ》」

と、中山久仁子。

「——手押《てお》し車みたいなもの？」

と、朝也が訊《き》くと、

「そうよ。どこかで見付けて来て」

朝也が、

「分ったよ」

と出て行こうとする。

「もちろん――」

と、中山久仁子は付け加えた。「あなたがもし、このことをしゃべれば、この可愛いお嬢さんが……」

「分ってるよ」

と、朝也は言って、部屋を出た。

十分ほどで戻《もど》って来る。――ちゃんと、注文通り荷物運び用の手押し車を押して来た。

「さあ、これでいいだろ」

と、朝也はふてくされている。

「上出来だわ」

と、久仁子は言った。「次に、その人をこれに乗せて」

これまた楽ではない。

それをやっとこ済ませると、もう二人ともヘトヘトだった。

「――どこへ運ぶんですか」

ハアハアいいながら、倫子は訊いた。

「他にないわね」

と、久仁子が言った。「林の中よ」

「外へ？　でも――」

「つべこべ言わないで」

銃口が、無言の雄弁《ゆうべん》ぶりを発揮する。

二人して、死体をのせた手押し車を、廊下へ出す。

「行くのよ」

と、久仁子は、真剣な口調《くちょう》で言った。

しかし、二時という時間は、多少早かったようだ。

つまり、今夜は、三十年ぶりに会う同窓生が、沢山《たくさん》いるわけなのだ。

あちこちのドアから、話し声や笑い声が洩《も》れて来る。

もちろん、内容は分らないが、それでも、いつドアが開いて誰《だれ》かが出て来るかもしれないのである。

「急いで！」

と、久仁子は言った。

とたんに、ヒョイ、とドアが開く。

ギクリとして、三人が立ち止った。

「やあ、どうも——」

と、その男、しっかり酔《よ》っ払《ぱら》ってしまっている。

「今晩は」

久仁子は平然として言った。もちろん、拳銃《けんじゅう》は、ガウンの下に隠《かく》している。

「どうも。——いや、どうも」

かつてのクラスメートと、久々に飲んでいたのだろう。

フラフラと、千鳥足で、歩いて行ってしまう。

ホッと息をついて、

「行きましょ」

と、久仁子は促した。


——後は何とか邪魔《じゃま》もされずに、ホテルの裏手に出ることができた。

「どこへ持って行くの？」

と、くたびれた声で、倫子が訊《き》く。

「林の奥《おく》よ。ずっとずっとずっとね」

と、久仁子は言った。

嫌《いや》だわ、と倫子は思った。たとえ、どんなに奥へ運んでも、それで死体が隠れるわけじゃない。

しかし、ここはともかく、言われた通りにするしかなかった。

かくて、二人で、死体をのせた手押し車を押して、暗い林の中を進んで行くという図になったのだった。

「――小池君」

そっと、倫子が囁《ささや》く。

「何だよ？」

「どうなると思う？」

「知るかい」

「無責任ね」

「僕《ぼく》の責任じゃない！」

「殺されても？」

「殺されて？――誰《だれ》が？」

「私たちよ」

「ど、どうして僕らが？」

「いくら奥へ運んでも、死体はなくならないわ。その後、私たちを帰したら、それでおしまい」

「そうか。すると――」

「私たちも殺す気かもしれないわ」

「でも、彼女の話では――」

「信じられる？」

「――いいや」

と、朝也は首を振《に》った。「でも、だからって、どうするんだ？」

「決ってるわ。逃げるの」

「逃げる？」

「そう。暗い林の中だわ」

「そうか。突っ走れば……」

「一、二、の三で、左右に分れるのよ。どう？」

「――OK」

危険ではあったが、このままでも安全とは言えないのだ。

「――じゃ、行くぞ」

「ええ」

「一、二、の三！」

手押し車を残して、二人は左右へと駆《か》け出した。

「待って！」

と、中山久仁子の甲高《かんだか》い声が、木々の合間を縫《ぬ》って聞こえた。「止《とま》って！」

――やった！

倫子は、木々の間を、巧《たく》みにすり抜《ぬ》けて行った。

後は、明りの見える方へと戻《もど》って行けばいいのだ。

銃声はしなかった。朝也も無事に逃げたのだろう。

木々の間に、ホテルの灯《ひ》が見えた。あっちだ。

倫子は、向きを変えて、駆け出した。

そのとき――鋭い銃声が、闇《やみ》を貫《つらぬ》いて、聞こえた。

一発。――一発だけだ。

「小池君……」

まさか小池君が――やられた？

倫子は、足を止めた。

ホテルへ戻《もど》って、助けを呼んでくればいいのだが、しかし、自分が言い出したことで、朝也に万一のことがあったら、と思うと、いてもたってもいられない。

向きを変え、倫子は、林の中を、元の方向へと戻って行った。

もちろん、この暗がりの中だ。

正確に、元の場所へは戻れまい。
しかし、およその方向は分っていた。
――小池君！　無事でいてね！
倫子は、木の幹を手で確かめるようにしながら、進んで行った。
そっと、低い声で呼んでみる。
「――小池君。――小池君」
返事はなかった。
中山久仁子は、どこへ行ったんだろう？
林の中は、何の足音らしいものもしない。
いやな予感がした。――そろそろと足を進める。
何かが動いた。――しかし、それは、妙な所から、「音」として伝わって来たのだ。
足下からだった。すぐ目の前の、下の方から。
倫子は、体を低くした。何かがいる。いや、誰《だれ》かが、だろう。
じっと、息を殺していると、喘《あえ》ぐような、苦しげな息づかいが聞こえて来た。
誰だろう？　小池君じゃない！
突然、サッと光が射《さ》した。
「倫子！　何をしてる？」

父の声だった。

「お父さん！」

倫子は立ち止った。「そこを照らして！」

「何だって？」

「私のすぐ前を。――誰かがいるの」

光の輪が移動する。倫子は、ハッと息を呑《の》んだ。

倒《たお》れているのは、中山久仁子だった。脇腹《わきばら》を押《おさ》えて、呻《うめ》いている。

赤い血が、広がっていた。

19　闇《やみ》の中の時間

「全く」

と、羽佐間が苦り切った顔で言った。「お前の無鉄砲《むてっぽう》にも困ったもんだ」

もちろん、倫子のことを言ったのである。

倫子としても、色々言いたいことはあったのだが結局は黙っていることにした。

父の言うことも、もっともだと思っていたからである。それにもう一つ、朝也が、どこかへ行ってしまっていたことが、気になっているのだ。

喧嘩《けんか》ばかりしてはいるが、一応ボーイフレンドから、やや恋人の域に近づいているという、微妙《びみょう》な関係だったのだから。

いくら朝也が方向音痴《おんち》でも、あの林の中を逃げて、方角が分らなくなるとは思えない。木々の間を通して、ホテルの明りが、見えていたのだ。

倫子は、ホテルのサロンにいた。

一睡《いっすい》もしていないが、眠《ねむ》くはなかった。――もうすぐ夜が明ける時刻だ。

「傷の具合は？」

と、羽佐間が、言った。

倫子は、初めて、梅川署長がサロンへ入って来たことに気付いた。物静かな男なのである。

「今、医者が診《み》ていますよ」

と、梅川は言った。

「大きな病院へ収容した方がいいようならば――」

「いや、今は動かせないようです。ともかく、出血がひどい」

梅川は首を振った。「ホテルとしてはご迷惑《めいわく》でしょうが」

「いやいや、とんでもない」

と、羽佐間は首を振った。「こちらは一向《いっこう》に構いませんよ。何しろ――」

と、倫子の方へ目をやって、

「あいつも関《かかわ》り合っているんですからね」

倫子は、ふくれっつらになった。

何も私があの人を撃ったわけじゃないじゃないの！

「ところで」

梅川は、倫子と向い合ったソファに、腰《こし》をおろした。「落ちていた拳銃《けんじゅう》からは、二発発射されていた。君の話では、林の中で、銃声は一度しか聞こえなかったんだね？」

「ええ」

と、倫子は肯《うなず》いた。「でも、あの滝田って人も、あの銃で撃たれたわけでしょ？」

「そうらしい。いや、調べれば、あの拳銃から出た弾丸《たま》かどうか分るがね」

「あの人はそう言っていました」

倫子も、朝也と二人で、滝田の死体を運ばされるはめになったいきさつは、もう説明していた。

「もう一度、確かめておきたいんだが」と、梅川は言った。

「――失礼します」

と、光江が入って来る。「紅茶をお持ちしました」

「やあ、奥さん、これは申し訳ない」

梅川は微笑《ほほえ》んだ。「とんでもない時間に起されて、お疲《つか》れでしょうに」

「いいえ。この人の秘書をしていたときよりは、ずっと楽ですわ」

光江の言葉に、羽佐間は苦笑した。

「何だ、俺《おれ》がよっぽどこき使ってたように聞こえるじゃないか」

「少なくとも、いただいてたお給料の三倍は仕事をさせられました」

光江が平然と言ったので、梅川も羽佐間も笑った。

これで、大分、その場のムードがほぐれて来て、倫子はホッとした。

光江はみんなに紅茶を注いだ。――倫子もその熱さが快く胸に広がって行くと、それまで我知らず身を固くしていたのだと気付いた。

「――さて、それじゃ、事件の話に戻《もど》ろう」

梅川が、息をついて、言った。「君と小池君は、滝田さんの死体をのせた手押し車を押して、先に歩いていた。中山久仁子は、その後から、あの拳銃を手について来た。そうだね？」

「そうです」

「君らは左右へ分れて逃げた。――そのとき、彼女は、撃たなかった」

「ええ」

「銃声がしたのは、どれぐらいたってからだった？」

――倫子は考え込んだ。

ともかく、タイムを計っていたわけではないのだ。あの暗い林の中を逃げて、もう大丈夫《だいじょうぶ》、と思って……。

「二、三分たっていたように思いましたけど」

と、倫子は言った。「でも、きっと実際は一分かそこらだったんじゃないでしょうか」

「おいおい、倫子、あんまりいい加減なことを——」

と言いかける羽佐間を、梅川は止めて、

「いや、それが正確ですよ。あんなとき、時間の感覚は狂《くる》うものです」

そうなのだ。しかし……。

倫子は、ふと、眉《まゆ》を寄せた。

「銃声がして、君は戻って行った……」

「ええ。方向ははっきりしなかったけど、大体のカンで」

「しかし、カンは正しかったわけだ。滝田の死体があったんだからね」

「ええ」

「妙なことがある」

と、梅川は言った。「中山久仁子は、君の話によると、自分の拳銃《けんじゅう》で撃たれたことになるんだ」

「そうですね」

「もし、うまく彼女の意識が戻《もど》れば、真相を話してくれるかもしれないが……」

と、梅川は考えながら言った。

倫子は思っていた。——他《ほか》にもある。おかしなことが。

梅川は、それに気付いていないのだろうか？

「――拳銃を持ってたなんて」

と、光江が言った。「あの人、どういう人なんでしょう？」

「そこですな」

梅川は肯《うなず》いた。「実は、中山久仁子がこのホテルの宿泊《しゅくはく》カードに記入した、住所や名前が、果して本当のものかどうか、今、当ってもらっているのです」

「いつ、返事が？」

と、羽佐間が訊《き》く。

「分り次第、そう時間はかからずに届くだろうと思います」

梅川は、紅茶を飲み干して、立ち上った。

「どうも、ごちそうさまでした。一旦《いったん》、戻って少し寝ることにします。皆《みな》さんも休まれた方がいい」

「けが人の方は？」

「警官が二人、ついています」

と、梅川は言った。「一人は部屋の中に。もう一人は廊下ですが、廊下に立つ者は私服にしろと言ってあります。他《ほか》の宿泊客に、目ざわりにならないように」

「気をつかっていただいて、どうも」

と、羽佐間は礼を言った。

「いやいや。——十時ごろ、滝田さんの殺された現場へ、人を寄こしますので、よろしく」

「分りました」

梅川は、サロンを出ようとして、倫子の方を振り向いた。

「小池君のことも心配だね。明るくなったら、すぐに捜《さが》させるよ」

「すみません」

ほんの、ちょっとの間だったが、倫子は、朝也のことを忘れていたのに気付いて、ギクリとした。他のことに気を取られていたのだ……。

「送りましょう」

と、羽佐間が、ドアを開ける。

「や、どうも」

梅川は、サロンを出ながら、言った。「いよいよ、明日ですな……」

ドアが閉ってから、倫子は、梅川の言っているのが、あのタイム・カプセルのことだと気付いた。

「——大変なことになったわ」

光江が、ため息をついて、腰をおろした。

「殺人。行方不明。——まだ、何か起きるのかしら？」

「まだ一日あるわ」

と、倫子が言った。

「縁起《えんぎ》でもないこと、言わないで」

と、光江が顔をしかめる。

「変だなあ……」

と、倫子は言った。

「小池君なら、きっと大丈夫よ。あの人、ツイてるタイプだわ」

「ツイてるタイプ？」

「ええ」

と、光江は肯《うなず》いて、「世の中には、ツイてる人とツイてない人がいるのよ。何をやっても、努力する割に失敗ばかりする人もいれば、あまり苦労しないで、何とか切り抜けちゃう人もいるの。——小池君は、後の方のタイプだわ」

「へえ。お母さんの人生哲学《てつがく》、初めて聞いたわ」

「ただの経験よ」

と、光江は、ちょっと照れたように、言った。

「でもね、私が変だ、って言ってるのは、小池君のことじゃないの」

「じゃあ、何なの？」

「うん……」

倫子はためらっていた。

そこへ、羽佐間が戻って来た。

「おい、少し眠れ。ともかく、このホテルは客で一杯《いっぱい》だ。朝も騒《さわ》がしくて起されるかもしれんぞ」

「分った」

と、倫子は立ち上った。「おやすみ、お父さん」

いやに素直に、さっさとサロンを出て行く倫子を、却《かえ》って不安げに、羽佐間と光江は見送っていた……。

もちろん、倫子はベッドに入った。

しかし、眠れたわけではない。――外は少し明るくなりかけていたが、そのせいで眠れないのではなかった。

ふと、気付いたことがある。それが気になって、眠れないのだった。

梅川は、何も気付かなかったのだろうか？　それとも、気付いていないふりをしているのか。

それは、「時間」のことだ。

梅川に訊《き》かれて、初めて倫子は、その点に気付いた。

中山久仁子の前から、朝也と二人で同時に逃げて、そして一分くらいして銃声がした。――それから、倫子は、戻って行った。

そして、父に会ったのだ。

銃声から、父に会うまで、何分かかったろう？　五分？　いや、そんなにたってない。

おそらく、ほんの二、三分に違いないのだ。――たった二、三分で、銃声を聞いた父が、あそこまで来られるだろうか？

たとえ、何かの理由で、眠っていなかったとしても、林の中での銃声を、すぐに、それと聞き分けられるだろうか？

何の音かといぶかって、起き出し、明りを手に外へ出る。そして、たまたま、中山久仁子が倒れている、その場所へやって来たのだ……。

こんなことって、あるだろうか？　しかも、その間、二、三分。

いや、もし五分あったとしても、とても考えられない。

そうなると……。倫子としては、辛《つら》い立場だったが、理屈からいって、認めないわけにいかない。

父は、中山久仁子のいる所を知っていたのだ。いや、おそらく、久仁子が、倫子たちに滝田の死体を運ばせているのを、見ていたのではないか。

そして、後をつけて来た。

そう考えなければ、なぜ父があそこにいたのか、説明ができない。

倫子は、寝返りを打った。

本当に怖《こわ》いことから、そうすれば目をそむけていられるような気がしたのである。

でも、それは無理だった。当然のことながら……。

「まさか！」

と、倫子は呟《つぶや》いた。「そんなこと、あってたまるもんですか！」

否定したいと思えば思うほど、その恐ろしい考えは、ふくれ上って来て、倫子の頭を一杯にした。

そう。――どうやったって、その思いを、心の中から追い出すことはできない。

それならそれで、それを、真正面から見据《みす》えるしかないかもしれない。

父が、中山久仁子を撃ったのかもしれない、という考えを……。

20 激《げき》流《りゅう》

それでも、やはり疲れていたのか、倫子はいつしか眠りに落ちて、目を覚ましたのは、もう十時を回ってからだった。

食堂へ降りて行くと、光江が、ちょうど出て来たところで、

「あら、起きたの？　ちょっと見に行こうと思ってたのよ」

と、言った。「今まで、大混雑だったの。やっと、皆さん、朝食を終ったところ。——何か食べるでしょう？」

「パンとコーヒーでいい」

と、倫子は言った。「小池君は？」

「まだのようよ」

と、光江は言って、倫子の肩を、軽く抱《だ》いた。「元気出して。今、警察の人たちが、林の中を捜してるわ」

「私は大丈夫」

と、倫子は微笑《ほほえ》んで見せた。「——お父さんは?」

「お出かけよ。たぶん、学校へ行ったんじゃない?」

「じゃ、お客さんたちも、みんな?」

「ええ。あの人が引き連れてね」

光江も、朝から何も口にしていないというので、二人して、ガランとした食堂のテーブルについた。

——倫子は、ゆっくりと、アメリカンコーヒーを飲んだ。少しずつ、体が目覚めて来る感じだ。

「中山久仁子はどう?」

と、倫子は訊《き》いた。

「今朝、またお医者さんがみえたけど、相変らずのようよ」

「でも、生きてるのね……」

「命は取り止めるようよ」

「良かった」

倫子は、明るい戸外へと目を向けた。

「あの人も、朝はコーヒー一杯」

と、光江は笑って、「昨日の現場に、鑑識《かんしき》の人が入ったり、一人一人のお客さんの相手をしたり。忙《いそが》しそうだったわ」

「忙しいのが楽しいんだもの」

と、倫子は言った。「何か、新しい手がかりでもあったのかな」

「さあ。——梅川さんも、さっきみえてたけど。二発の銃弾《じゅうだん》は、同じ銃のものだと分った、とか」

それは、最初から分っていたことだ。

倫子はがっかりした。——小池君はどこへ行ったんだろう?

それに、石山秀代も、行方不明のままだ。

しかし、いくら心配していても、お腹《なか》は空《す》く。

倫子は、フランスパンとコーヒーで朝食を済ませた。

「——外へ出てみる」

と、席を立つと、光江がちょっと心配そうに、

「また、どこかへ行っちゃわないでね」

と言った。

「大丈夫。お巡《まわ》りさんも、大勢いるじゃないの」

と笑って見せ、倫子は食堂を出た。

林の方へと足を向けると、ちょうど、こっちへやって来る梅川が見えた。

「やあ。少し眠ったかね？」

と、梅川は手を上げた。

「ええ。——何か手がかりは？」

梅川は首を振った。

「何もない。どうも分らんなあ。——どうして急に、こんなに色々なことが起るんだろうね？」

倫子にだって、もちろん分らない。しかし、この状態が、まともでないことは、分っているのだ。

「捜しに行くかね？」

と、梅川が訊《き》いた。

「ええ、一応」

「用心して。単独で行動しない方がいいよ」

「ありがとう」

倫子は、軽く会釈して、林の方へと歩いて行った。

警官の姿が、そこここに見える。

もちろん、梅川の命令ではあるにせよ、よく働く。倫子は感服していた。

「やあ、心配ですね」

と、もう顔を憶《おぼ》えてしまった警官が、倫子に気付いて、言った。

「どうも」

と、倫子は言って、「あのトンネルの中は?」

「調べましたよ。でも、手がかりらしいものは何も」

「そうですか……」

倫子は、一人で、林の中を歩いて行った。

石山秀代が、姿を消した辺りへ来る。——あの、地下道へ降りる入口が、開いていている。

倫子は、一人で、中へ入って行った。

横穴を、辿《たど》って歩いて行く。——前に通っているので、暗くても、そう不安はなかったのである。

出口の近くまで来て、外の明るさが足下を照らすようになると、倫子は少しホッとして、足を止めた。

正直なところ、一人になりたかったのである。

父が——もし、父が、中山久仁子を撃ったのだとしたら、それはなぜだろう?

その答えは、そもそも中山久仁子が、一体何者かという点にかかっている。

何もないわけはない。あの、タイム・カプセルと、つながりがあるはずだ。

それはともかく、考えてみれば、この件に関して、父の周囲で、妙なことばかりが起っている。

石山が刺《さ》されたのも、父の目の前といってもいい場所だったし、滝田は父のホテルの中で殺されている。

そして、中山久仁子も……。

大体、父の、タイム・カプセルへの思い入れは、ちょっとまともではない。このホテルにしてからが、そうだ。

ただ故郷だからといって、およそ採算のとれない所に、ホテルなんか建てるだろうか？　実業家らしくない発想だ。

もしかしたら、父は、明日のためだけに、あのホテルを建てたのかもしれない。

案内状を出したのも父かも。——あれだけの人間を集めるために、ホテルを準備したとしたら……。

もちろん、普通に考えれば、とんでもないことだが、あの父なら、やりかねない。

それを言えば、梅川だって、まともとは言えない。

三十年前の殺人をきっかけにして、教師から警官に転じた。——ちょっと、できることではない。

そして殺された石山は、なぜか、逃げ回って暮《くら》していた。

総《すべ》ては、三十年前の、「高津智子殺し」から、始まっている。

高津智子……。

大変な女性だ。これだけの男たちの心を、三十年もつなぎ止めていたというのだから……。

ある意味では、恐ろしい、とも言える。

現実にどんな女性だったのか。倫子には知りようもないが、その素顔は、父たちが憧《あこが》れていたような女性ではなかったのかもしれない。

少なくとも、殺されたという点を見れば、彼女の方にも、何かそれだけの理由が……。

――突然、トンネルの出口に、誰《だれ》かが立った。

向うもまさか、倫子がそんな所にいるとは思わなかったらしい。ハッとして、立ちすくんだ。

倫子からは、外の明るさを背にして、顔はかげって、見えなかった。女性だということは分ったが。

その女性は、クルリと背を向け、駆け出して行った。

「――待って！」

倫子は、やっと我に返って、叫《さけ》んだ。

誰だろう？

ともかく、向うが逃げ出したのは、何か理由があるはずだ。

倫子はトンネルを出た。木々の間を走って行く、女の後ろ姿が見えた。

倫子は、それを追って走り出した。

どこへ向っているのか、まるで分らない。下手をすると、行方不明が一人ふえるかな、と思ったが、そんなことを気にしてはいられなかった。

ともかく、向うは、かなりよく地形を知っているらしかった。見失わないよう、ついて行くのが精一杯だ。

山の中へ入って行く。もちろん、道はない。木の間を右へ左へと、縫って行くだけだった。

かなり身の軽い相手と見えた。倫子だって、若さと体力では自信があるのだが、それでもついて行くのは楽じゃない。

大分、息切れがして来た。

もうだめだ！　そう思ったとき、どうやら向うも、大分へばったらしい。

足を止め、振り向いたようだ。反射的に、倫子は木の幹の陰に身を寄せて、隠れた。

向うが、うまくまいたと思ってくれれば、後をつけるのも楽になる。

そっと顔を覗《のぞ》かせると、相手は、ゆっくりしたペースで、歩き出した。倫子は、ホッとした。

さて――どこへ行くのだろう？

少し距離《きょり》を置いて、倫子は、尾行《びこう》をつづけた。

気を付けて、と言った光江の言葉が、チラリと頭をかすめたが、諦《あきら》める気にはなれなかった。せっかくの手がかりなのだ！

相手は、岩の間を下って、今度は、谷らしい場所へと降りて行く。

離《はな》れているので、顔はやはり見えなかった。

それに、自分の足下にも、気を付けないと、滑《すべ》りそうになるのだった。

一体どっちの方へ向っているのか、見当もつかない。

渓流《けいりゅう》へ出た。大きな岩が突《つ》き出ていて、その女の姿は、岩の向うへと消えた。

倫子は、同じルートを辿《たど》って、その大きな岩の上に上った。

そして、向う側へ降りたが……。倫子は戸惑《とまど》った。

女の姿が、消えていたのである。――そこは、少し広くなった河原で、見通しは悪くない。

それでいて、どこにも、女の姿は見えないのである。

河原に降りて、倫子はキョロキョロと周囲を見回した。

「あの音は？」

と、呟《つぶや》いたのは、何だか、ゴーッという低い唸《うな》り声のような音が、近づいて来たからだった。

音、というか、響《ひび》き、というか……。

地震《じしん》? いや、そうではない。

倫子は、目を見張った。

浅い渓流へ、上流から、一気に水の壁《かべ》が押し寄せて来た。

岩に砕《くだ》けた水が、大きくはね上り、凄《すご》い勢いで流れて来る。

倫子は、高い場所へ向って駆け出した。しかし、足の下は、岩だらけだ。

とても間に合わない。——一か八かだ!

倫子は、今、乗り越えた大きな岩によじ登った。岩の上に伏《ふ》せて、両手で、力一杯、岩をつかむ。

水の塊《かたまり》が、倫子にぶつかって来た……。

21　洞窟《どうくつ》でのラブシーン

もう朝なのかしら、と倫子は思った。

いや、思った、というより、ぼんやりと感じたのである。

なぜといって……周囲はいやに暗くて、そのどこかから、白い光がかすかに忍《しの》び込《こ》んでいて、その様子はちょうど、朝の光が、重いカーテンの間から洩《も》れ入っているのと似ていたのだ。

でもおかしい。いくら寝起きが悪いったって、こんなに頭が重く、全身がけだるくて、身動きもできないなんて……。

それに——いやに寒いわ。そう。まるで、体がびっしょりと濡《ぬ》れてるみたいに。

濡れて？

倫子は、ハッとした。——思い出した。

そうだった。水に押し流された。

いや、本当はどうだったのか分らない。ともかく、水が、まるで鉄の塊か何かみたいに、凄《すご》い勢いでぶつかって来たんだ。

そして、岩にしがみつこうとする倫子の力なんて、本当に、蚊がとまってたみたいなもので……。アッという間に、水に呑《の》み込まれていた。

そして……。そして？

もう、その後は、何も憶《おぼ》えていない。何か――体ごとミキサーの中にでも放り込まれたように、振り回され、どこかに手や足を叩《たた》きつけられ――そして、気を失ったらしい。

でも、ここはどこだろう？ 死の世界にしちゃ、リアルだわ。

倫子は呑気《のんき》なことを考えていた。

もちろん、倫子だって、死んだことはないから、ここが死後の世界ではないとは言い切れないのだが、それにしても、こんなに現実感覚が残っているのでは、ちょっと興醒《きょうざ》めだ。

生きてるんだわ、と、倫子は思った。助かったんだ。

しかし、嬉《うれ》しいという意識はまだなくて、ただ、体が冷えて寒いとか、あちこちが痛いという不快感だけが先に立つ。

ここはどこだろう？

目を二、三度、閉じては開けてみると、大分視界がスッキリと見えて来た。でも、結局大したものは見えなかったのだ。

どうやら、倫子は、どこか、洞窟みたいな所に寝ていたらしい。

そして、どこか岩の裂《さ》け目から、わずかに外の光が射《さ》し込んでいるのだ。

光が見えるところをみると、どうやら、まだ陽《ひ》は沈《しず》んでいない。——ホテルへ戻《もど》らなきゃ、と思った。

どれくらい時間がたったのか分らないけど、私まで行方不明になったら、それこそ、お父さんが心配しておかしくなっちゃうかもしれない。

そう。どうやら命は助かったようだから、何とかしてここを出て……。

倫子は、起き上ろうとして、膝《ひざ》や足首に焼けるような痛みを覚えて、思わず、

「アッ！」

と声を上げた。

声を出したら、同時にひどくむせて、咳込《せきこ》んだ。水を飲んでいたのかもしれない。

そこへ、突然、

「おい、大丈夫か？」

と声がしたので、倫子は、また、

「キャアッ！」

と悲鳴を上げてしまった。

「僕だよ！」

と、駆けつけて、倫子のそばにかがみ込んだのは――。

「小池君！」

倫子は、思わず胸を押えて、息を吐《は》き出した。「ああ、びっくりした！」

「気が付いて良かった！　死んじまうんじゃないかと思って、気が気じゃなかったんだ」

「ちっともいい気分じゃないわ」

と、倫子はしかめっつらで言った。

「仕方ないさ、こんな所じゃね」

と、朝也は言った。

「ここ――どこ？」

と、倫子は上体を起し、改めて、周囲を眺《なが》め回しながら訊《き》いた。

「山の中だよ。ほら穴みたいなもんらしい」

「らしい、って……」

「僕も良く知らないんだ。気が付いたらここにいた。君と同じさ」

「小池君、どうしてたの？」

「分らないよ。ともかく、君と二手に分れて逃げ出したろ」

「そこまでは分ってるけど」

「そしたら、少し行って、木の根っこにつまずいちまったんだ。そして、いやというほど頭を木の幹にぶつけた」

「ドジねえ、全く」

「そう言うなよ。まだコブができてんだ。それで目の前に火花が散って――」

「で、気が付いたら、ここ？」

「いいや。いくら何でも、そんなに長く、気絶しちゃいない。それに、そのときは、追いかけられてるって気もあったせいか、完全に意識を失ってたわけじゃないんだ。やたら痛かったけどね」

「じゃあ――」

「また殴《なぐ》られたのさ」

「誰《だれ》に？」

「分らない」

と、朝也は首を振った。「足音がした、と思ったらゴツン！――で、完全に意識不明」

「それでここに？」

「うん。どれくらい前かなあ、気が付いたのは。――三、四時間か、五、六時間か。

ともかく、もう光が射《さ》してたよ」

「ここから出ましょうよ、ともかく」

と、倫子は言った。

「呑気《のんき》だなあ、君は」

と、朝也は苦笑いした。「出られりゃ、僕だって出てるさ」

「あ、そうか」

倫子は、ゆっくりと息をついた。

「ここは、どこかからつながってる地下道の一部だったみたいだよ。人工のトンネルって感じなんだ」

「トンネル？」

言われてみれば、倫子が寝ている所も、いやに平らだ。

「じゃ、ホテルのそばの地下道みたいな？」

「広い部屋というか……出来損いの部屋みたいなもんらしい。途中《とちゅう》まで作って放ってあるってとこかな」

「じゃ、どこかへつながってるんじゃないの？」

「僕も調べたよ。でも、重い石が積み重なって、完全に道を塞《ふさ》いでるんだ」

「何なのかしら、一体？」

「うん……」

朝也は、ちょっと間を置いて、「これ、きっと、戦争中に作られた、防空壕《ぼうくうごう》みたいなもんじゃないかな」

「防空壕ね。――その出来損い？」

「うん、きっとそうだよ。ホテルのそばのあのトンネルもそんなもんじゃないか」

これは妥当《だとう》な説だな、と倫子は思った。

「ねえ、小池君」

と、倫子は、ふと気付いて、「私、それじゃ、どこからここへ入ったの？」

と訊《き》いた。

「あの光の入ってる隙間《すきま》さ」

と、朝也が指さす。

「あんなに細い隙間？　私、そんなにスマートだったかしら？」

「そうじゃないよ。あそこが重い蓋《ふた》みたいになってるんだ。空気を少し入れるためじゃないかな、ああしてあるのは」

「じゃ、誰《だれ》かがあの蓋をどけて？」

「そう。君を投げ込んだのさ」

体中が痛いわけだ。倫子は、朝也をにらんで、

「下で受け止めてくれりゃいいのに！」

「無茶言うなよ。アッという間だったんだ」

「その人間の顔を見た？」

「いや、全然。突然光が射《さ》して、目がくらんじまったからね」

「そうか……。ともかく、快適な状況とは言えないわね」

「同感だな」

と、朝也は言って、「――でも、君、どうしてそんなにズブ濡れになったんだい？」

倫子は、誰か女の後をつけて山に入ったこと、渓流で、急に水かさがふえて、呑み込まれたことを説明した。

「そうか。それは、もっと上流のダムの放流だよ」

「ダム？　ここにダムがあるの？」

「小さいらしいけどね。君のお父さんに聞いたよ」

「私、聞いてないわ」

と、倫子はむくれた。

「でも、よく助かったなあ。きっと、君をそこへ投げ込んだ奴《やつ》が、君を助け上げたんだ」

「矛盾《むじゅん》したことをするのね。でも、ともかく――」

と、倫子は朝也を見た。

「何だい？」

「あなたが私を助けたんじゃないことは確かね」

「もう一つ確かなことがある」

「何よ？」

「それだけ憎《にく》まれ口がきけりゃ、もう大丈夫だってことさ」

「失礼ね！」

倫子はプッとふくれた。それから、二人は何となく笑い出した。

大分、これで気が楽になったようだ。

「寒いだろ」

と、朝也は昨夜から着込んだままのボーイの制服の上衣《うわぎ》を脱いで、倫子の体にかけてやった。

「小池君、風邪《かぜ》ひくよ」

「僕は濡れちゃいないもの」

「ありがとう。それじゃ……」

倫子も、いつになく、しおらしいというか、優しい気持になっていた。

ごく自然に、倫子を、朝也が抱きかかえるような格好になった。

「寒いかい？」

「うん、少し……」

二人がギュッと体を寄せ合う。

「冷たいな」

「あなたも濡れちゃうわよ」

「いいよ。二人の体温で、そのうち乾《かわ》くさ」

倫子が、朝也の方へ顔を向けた。

「もう少し……体温を上げる？」

――二人の唇《くちびる》が、しばし仲良くなった。

言葉を発しているとケンカになりがちであるが、「無言の対話」の際には、さすがにケンカもしないようだった。

「非ロマンチックな状況ね」

と、倫子はちょっと笑って言った。

「こだわらないんだ、僕は」

「そう？」

もう一度、二人の唇が相寄った。

「――ねえ」

と、間を置いて、倫子が言った。

「何だい？」

「誰《だれ》が中山久仁子を撃ったんだと思う？」

「ロマンチックじゃないなあ、君も」

と言って、「中山久仁子が撃たれたのかい？」

「あ、そうか。知らないんだったね」

倫子は、あの後の出来事を説明してやった。

「自分の持ってた拳銃《けんじゅう》でやられるなんて、変だなあ」

「そうでしょ？　だから——気になるのよ」

倫子の口調《くちょう》は、ぐっと沈み込んだ。

「どういうことだい？」

「つまりね……」

倫子は、父親が、中山久仁子を撃ったのではないかという疑念を、朝也に話して聞かせた。

「君のお父さんが？」

朝也は、まさか、という口調で言ったが、少し考えて、

「——でも、あり得ないことじゃないな」

と肯いた。

「そう思うの、私も」

「君のお父さんも、例の高津智子を愛してた一人なんだろ?」

「そこなのよ」

倫子は、ため息をついた。「いくら懐《なつか》しい恋人でも、もうその人は死んでしまって、三十年もたっているっていうのに、わざわざこんな所にホテルまで建てるなんて……」

「ちょっとまともじゃないね」

「でしょう? そりゃ、父は頑固《がんこ》だし、変り者ってところもあるけど、あんなホテルを一つ、採算を度外視して建てるなんてことをするのは、どうも父らしくないと思うの」

「つまり――」

「父には確かにロマンチストってところがあるけど、何といっても事業家よ。およそ商売にならないことを、ただ思い出のためにするのは、不自然だって気がするのよ」

「もしかすると、この辺を一大観光地にするつもりなのかもしれないぜ」

「まさか」

倫子は笑って、「この事件は一体どうなってるんだろ?」

と首を振った。

「そうだなあ。——そもそもが、あの地下街での殺人から始まってるわけだ」

「石山さんが殺されたことね」

「犯人は間違《まちが》いなく、あそこにいた。つまり——」

「石山さんが、父に会いに来たのを、知っていた、ってことだわ」

「どうして知ったんだろう?」

「そうね」

倫子も、その点は、考えたことがなかった。大体、考えることより駆け回る方が得意という、ミステリーに不向きの(?)名探偵《めいたんてい》なのである。

「君のお父さんは、石山が会いに来るのを、知らなかったんだろ?」

「たぶんね。知ってれば、私と食事に出ないと思うわ。それに、あのとき、あのラーメン屋へ入ろうって言ったのは、私の方なんだもの」

「そうすると、石山の方が君のお父さんを捜していたことになる。犯人は、あの人目の多い場所で石山を刺したんだから、よほど必要に迫《せま》られたんだ」

「危険だものね」

「もちろんだよ。誰《だれ》が見ているか分らない。とっさの決断だったんだ、きっと」

「石山さんの後をずっとつけていて、あの人が父を見付けたのに気付いた……」

「よほど、君のお父さんに会わせたくなかったんだな」

「どうしてかしら？」

倫子は首をかしげた。「ただ久しぶりに会ったというだけなら……。三十年前のタイム・カプセルのことを思い出したくないというのなら、殺すほどのこともないでしょうね」

「つまり、石山は、何かを知ってたんだよ。そして君のお父さんに伝えようとした」

「それで殺された。――そうね。そうとしか考えられない」

「でも、彼女は何も聞いてなかったみたいだな」

「彼女って？」

「石山秀代さ、もちろん」

「ああ、そうか」

倫子は頭を振った。まだ少しぼけてるのかな……。でも――そう言えば――。

「秀代さんのことを、私たちどれくらい知ってる？」

と、倫子は思い付いて言った。

「どういう意味だい？」

「私たち、あの親子が一緒のところを見たわけじゃないわ。そうでしょ？」

「うん……」

「あの人が石山さんの娘《むすめ》だって証拠《しょうこ》は、彼女自身の話以外何もないのよ」

朝也は目を丸くして、

「じゃ、彼女が嘘《うそ》をついてる、って言うのかい？」

「そうじゃないわ。でも、本当だって証拠はないのよ。私たちも、あの人の身許《みもと》を確かめたわけじゃないんだし」

「うん……。まあ、そりゃそうだけどね」

「突然姿を消したのも、妙じゃない？　もちろん、連れ去られたっていう可能性もあるけど」

「分らないなあ」

朝也は、ため息をついた。「それを言えば、中山久仁子も一体何者なのか分らない」

「そう。なぜ拳銃《けんじゅう》なんて持ってたのか、ね」

「分らないことばっかりだ！」

朝也は、立ち上って、腰をウーンと伸《の》ばした。

22　ビフテキの幻影《げんえい》

やがて黄昏《たそが》れて来た。

射《さ》し入る光は、ゆるい角度を、更《さら》にゆるめて、赤い夕焼けの色で染《そま》りつつある。

「お腹空《す》いたなあ」

と、倫子は素直に言った。「小池君、空かない？」

「空いてるよ、もちろん」

と、朝也は言った。「でも、言ってみたって、食べ物が降って来るわけじゃないもんな」

「黙ってたって、お腹の足しにはならないわよ」

と、倫子は言い返した。「――何とかここから出られないかなあ」

「肩車したくらいじゃ、無理だろう」

「やってみなきゃ分らないわ」

「体の方は大丈夫かい？」

「何とかね。痛みも大分おさまったみたい」

「でもなあ……」

「大丈夫よ。落ちたって、私の体じゃないの」

「いや——君をかかえ上げるのが、どれくらい苦しいかと思ってるんだよ」

倫子は、朝也をにらみつけた。

「早くしないと、完全に日が暮《く》れちゃう」

「分ったよ」

倫子の両足の間に、朝也がかがみ込んで、頭を入れ、よいしょ、と持ち上げる。

「——どう？」

重みによろけそうになるのを、必死でこらえながら、朝也がかすれた声を出した。

「うーん……届かないなあ。あと一メートルくらいある」

「飛び上っても無理だよ、それじゃ」

朝也が、ゆっくりしゃがみ込んで、倫子をおろすと、息をついた。

「君、あんまり軽い方じゃないね」

「失礼ねえ。そういうことは、思っても言わないもんよ」

と、倫子は言った。「でも、何とかしないと……。ずっとここにいたら、餓死《がし》しちゃうわ」

「だけど、届かないんだから、仕方ないよ」

と、朝也は肩をすくめた。

「他の所は？　その道を塞いでる石を取り除けない？」

「少々の量じゃないんだ、まあやってみてもいいけど——」

「そうよ！」

倫子が突然声を上げたので、朝也は仰天《ぎょうてん》した。

「何だよ、一体？」

「どうして気が付かなかったんだろ！　その積み上げられてる石を、ここへ運ぶのよ！」

「そうか！」

朝也は、パチンと指を鳴らした。「ここへ積んで、その上にのって、上の蓋《ふた》へ——」

「石を運びましょ！　明るいうちに早く！」

——すでに、光は弱まりつつある。

二人は、必死で石を運びつづけた。

「早く早く！」

光の洩《も》れるその真下に、石が積まれて行く。

かなりの重労働だが、朝也も倫子も、流れる汗《あせ》を拭《ぬぐ》う間もなく働いた。

ともかく、時間との競走である。二人とも、生れてこの方、こんなに働いたことはなかったかもしれない。

「もう陽《ひ》が落ちるわ」

と、倫子が、喘《あえ》ぎながら言った。

急速に、この洞窟の中が暗くなって来る。

「よし、この上で、さっきみたいに肩車してみよう。今度はきっと届く」

「そうね！」

二人は、石の山の上に上った。

「足下がおっかないな……。よし、これで踏《ふ》んばれるだろう」

「——じゃ、いい？」

「ＯＫ」

さっきのように、朝也が、倫子を両肩に、エイッと体を起こした。とたんに、朝也の足下の石が崩《くず》れて、二人はもののみごとに転がり落ちた。

「——ああ！　畜生《ちくしょう》！」

朝也が、やっと起き上って、「おい、大丈夫かい？」

「何とかね」

倫子も息を弾《はず》ませて、「もう一度やりましょ」

「大丈夫かね」

「やってみなきゃ……。ホテルへ戻《もど》ったら、ビフテキが食べられるわ!」

「よし、それを信じて——」

空腹感に脅迫《きょうはく》されて(?)、二人は、再度石の山の上に上った。

「行くぞ。——それ!」

今度はうまく行った。倫子は、朝也の肩の上にのって、両手を上に伸ばした。

「届いたわ!」

蓋《ふた》を両手でつかんで、力を入れると、ズズッと音がして、大きく開いた。

「よじのぼれ!」

と、朝也が下で言った。「ともかく上るんだ」

「分ってるわよ!」

倫子は穴のへりに両手をかけて、体をぐっと引き上げた。

地上へ這《は》い上るのは、容易ではなかったけれど、ビフテキの幻影の導きのおかげか、何とかやりとげることができた。

しばらくは、その場にひっくり返って動けない。胸が、激《はげ》しい呼吸で、ピストンのように上下している。

でも、外は、まだ意外に明るかった。山の中らしく、周囲は林だ。

どの辺なのか、見当がつかなかった。

しかし、ともかく、穴からは脱《ぬ》け出したのだ。

「おい！　どうした？」

と、穴の下から声がした。

「あ、そうか。小池君もいたんだっけ」

ついさっきキスした相手も、ビフテキの幻影に比べると存在感は薄いようだった。

「待って！　何かロープみたいなものを捜して来るわ」

「早くしてくれよ。ミイラになっちまう」

と、朝也の声がした。

「できるだけ急いで戻《もど》るわ！」

「そう頼むよ」

倫子は、周囲を見回した。まだ明るいうちに、場所を頭に入れておかなくてはならない。

目印に、と、その穴の周囲の木の枝を、方々折っておく。

さて、どこへ出ればいいだろう？

倫子は、急に、暗がりに包まれて、びっくりした。

陽《ひ》が沈んだのだ。たちまち周囲は闇になる。

こうなると、まるで方向も分らないのだ。穴の中にいるのと大差なくなる。

「どうしよう……」

――ふと、光が見えたような気がした。

一つ、二つ。――光だ！

人家の明りらしい。夜になって、灯《ひ》がともったのだ。

ともかく、あれを目指して行こう。

倫子は、木の根につまずかないように、用心しながら歩いて行った。

――十分くらい歩いてからだろうか。ふと、動いてくる灯に気付いたのは。

誰《だれ》か来る。――一瞬、倫子は胸をときめかせた。

声をかけ、案内を頼めばいいのだ。

しかし、なぜか倫子はためらった。第六感とでもいうのか――いや、万一、自分や朝也を、あの穴へ落とした人間だったら、と直感的に考えていたのだ。

その灯は、倫子のいる方へと近づいて来るようだった。倫子は、足を止め、手近な木の幹に寄り添《そ》うようにして、身を隠した。

明りは、懐中電灯《かいちゅうでんとう》のようだ。そして――その誰かは、倫子から少し離れた所で、立ち止っていた。

光が、ゆっくりと周囲を巡《めぐ》る。

倫子は、ピッタリと木の幹に体を押しつけた。

息を殺していると、やがて、また足音がした。

「どこだったかしら……」

ためらいがちな呟《つぶや》きが、倫子の耳に入って来た。

倫子は、その声に聞き憶《おぼ》えがあった。——でも、まさか！

そんなことが……。信じられない！

「——分らなくなっちゃったわ」

と、その声が、ため息とともに言った。

間違いない。信じたくはなかったけれど、倫子にも疑いようがなかった。

その声は——倫子の母親、光江のものだったのである。

23　母と娘と

「しかし、本当に良かった」

と、羽佐間が言った。「お前までいなくなって、どうしようかと思ってたんだぞ」

「ごめんなさい」

と、倫子は言った。

羽佐間は苦笑して、

「素直に謝られると、また心配になるよ」

と言った。「小池君、大丈夫かね、傷の方は？」

「ええ、おかげさまで」

朝也も、大分さっぱりした格好で、コーヒーを飲んでいる。「もともと、かすり傷だったんですよ」

――やがて、夜が明けようという時間である。倫子、朝也と羽佐間との会話から、二人が無事、ホテルへ辿《たど》り着いたことはお察しいただけるだろう。

いや、正確に言うと、倫子が人家へ着いて、ホテルに電話をし、それから駆けつけた羽佐間や梅川署長たちと共に、朝也を救出したのである。

こう並《なら》べると、いかにも簡単に聞こえるが、その一つ一つは容易ではなかったので、特に真暗になった山の中で、倫子たちの落ちていた穴を捜し出せたのは、全く幸運と言うしかなかった。

——ともかく、かすり傷だらけの二人、やっとホテルに戻って、一風呂《ひとふろ》浴び（もちろん別々に）、幻《まぼろし》にまで見たビフテキを食べて、一息ついたところだったのだ。

「中山久仁子さんの容態は？」

と、倫子は訊《き》いた。

「相変らずだ。意識は戻《もど》っていないが、何とか持ちこたえている」

羽佐間は、ゆっくり椅子《いす》にかけた。

ここは、あのサロンである。

「——タイム・カプセルは？」

と、倫子が訊いた。

「うん。明日——いや、今日の午後、掘《ほ》り出すよ」

「私もぜひ立ち会わせてね」

「もう東京へ帰ったらどうだ」

と、羽佐間は言った。「充分《じゅうぶん》、スリルは味わったろう」

「失礼ねえ。好きで水に呑《の》まれたり、穴に落ちたりしたんじゃないわ」

と、倫子はふくれっつらをした。「これだけ危い目に遭《あ》ったんだもの、最後まで立ち会う権利、あると思うな」

「それも一理あるな」

羽佐間は、割合にあっさりと、倫子の言い分を認めた。倫子は、ちょっと拍子《ひょうし》抜《ぬ》けの感である。

サロンには三人だけだった。——少し、重苦しい沈黙があった。

それを破ったのは、朝也の、いつになく物静かな、それでいて力強い声だった。

「思ってることは、何もかも打ち明けてしまった方がいいよ、お互《たが》いに」

倫子も羽佐間も、同時にギクリとしたように、朝也を見た。

倫子は、あの山の中で、母光江の姿を見たことを、まだ黙っていた。父に話したものか、迷っていたのだ。

「そうじゃない？　みんなお互いに隠してることがあるんだ。今は僕ら三人しかいない。ここでなら、たとえ何を話したって、隠した方がいいと思ったことは、隠しておけると思うんだ」

朝也の言葉に、羽佐間が肯《うなず》いた。

「そうかもしれないな」

「お父さん……」

倫子は、ちょっとためらってから言った。

「私も、話さなきゃいけないことがあるの。お父さんを——疑ってたのよ、私」

「私を？」

倫子は、中山久仁子が撃たれたとき、父があまり早く現われたことで、おかしいと思ったことを説明した。

「なるほど」

羽佐間は肯いた。「お前が疑うのは当然だな。しかし、私はやっていないよ」

「じゃ、あのときは、どうして——」

「私は他の人間の後を尾《つ》けていたんだ」

羽佐間の言葉に、倫子と朝也は、ちょっと顔を見合わせた。朝也が、すぐに、

「奥さんのことですね、他の人間って」

と言った。

「そうだ」

羽佐間は、ホッとしたように、「いや、言ってくれて、気が楽になったよ」

「どうしてお母さんを？」

「それは——直感とでもいうのかな」

羽佐間は首を振った。「ここへ来てから、妙だな、と思い始めたんだ。というのも、光江はこの辺りは初めてだと言っていたんだが、気を付けて見ていると、どうもここをよく知っていたらしい。風景を見る目つきや、言葉の端々《はしばし》に、そういう印象を受けたんだよ」

「それで、おかしいと思って？」

「あのとき、私は光江がこっそりと部屋を出て行くのに気が付いて、後を尾けていたんだ。庭へ出て、林の中へ入って行った所で、見失ってしまった」

「で、その後に——」

「そう。銃声がしたんだ」

「で、お母さんは？」

「後では、もちろん部屋に戻《もど》っていたが、私も、問いただす気にはなれなかった」

そのとき、ドアが開いた。

「——訊いて下されば良かったのに」

光江が立っていたのである。

「光江。——聞いていたのか」

と、羽佐間は立ち上って、言った。

「あなた。私を信じて下さらなかったんですか」

と、光江は、夫の方へ歩み寄って、言った。

「いや──そう言われると一言もない」

羽佐間は、ため息をついた。「今は信じているよ。たとえお前が何を話してくれても、私の気持は変らない」

「嬉《うれ》しいですわ」

光江は、羽佐間の傍《そば》に座った。

「私を流れから助けてくれたのは、お母さんでしょ?」

と、倫子は言った。「私、声を聞いちゃったの、林の中で」

「そうだったの。あんな穴の中へ落としたりしてごめんなさい」

「じゃ僕をあそこまで運んだのも?」

と、朝也が言った。

「あなた方が滝田先生の死体を運んでいた、手押し車を後で拝借してね。痛い思いをさせてごめんなさい」

「でも、どうして?」

と、倫子は訊《き》いた。

「あなた方を、ここから遠ざけておきたかったの。危険にさらしたくなかった」

と、光江は言った。

「でも、飢《う》え死にする危険はあったわ」

と、倫子が恨《うら》みがましく言う。

「ちゃんと食べる物を運んで行ったのよ。ところが暗くなったら、場所が分らなくなってしまって……」

「あの山の中を一人で歩くなんて、やっぱり、お母さん、この辺に詳しいのね」

倫子の言葉に、光江は、ちょっと目を伏せた。

「そう。――子供のころ、私はここに住んでいたんですもの」

「やはりそうか」

と、羽佐間が肯《うなず》く。

「でも、私は、この町の人たちからは、いつも冷たくされていました。父も母も、いなかったんですから」

「というと？」

「母親が誰《だれ》なのかは、私も知っていました。でも、それは他の誰にも知られてはいけなかったんですわ」

――ふと、倫子は、改めて母の顔を見直した。記憶の中で、何かが重なった。

「分ったわ！」

と、倫子は思わず声を高くして言った。「このサロンにかかっていた、高津智子の肖像画。あれを見たとき、誰かに似てると思ったの。——お母さん！　お母さんだったのね！　あんまり身近で、気付かなかった！」

羽佐間は愕然《がくぜん》として、

「では、君は……」

「お気付きになりませんでした？」

と、光江が微笑《ほほえ》む。「私の母親は、高津智子でした」

しばし、三人とも、驚《おどろ》きからさめなかった。

「——お茶を入れましょうね」

と光江が立ち上ると、やっと羽佐間が口を開いた。

「コーヒーにしてくれ。うんと濃《こ》い奴《やつ》で。今の話を聞いたら、『迎えコーヒー』でもしなきゃならん」

光江がコーヒーを入れて来るころには大分、三人とも落ち着いていた。

「お父さんは、母子二代に恋したわけね」

と、倫子が言った。「お母さんは、そのことを知っててお父さんの秘書になったの？」

「ええ。でも、こんなことになるとは思っていませんでしたよ。ただ、就職するとき、この人のことに興味があったので」

「言われてみれば、確かにそっくりだ」

羽佐間は苦笑した。「この私が気付かなかったとはな……」

「こうなってからは、却《かえ》って言いにくくなってしまったんです。私を母と比較《ひかく》されるのがいやだったんです。あくまで、私は私ですもの」

「当然だな」

と、羽佐間は肯《うなず》いた。「しかし、私は、君を愛しているんだ。母親とは関係なしに」

「そうおっしゃって下されば……」

光江は、夫の手を固く握《にぎ》った。倫子は咳《せき》払いして、

「ラブシーンは、お二人のときに願います」

と言った。「――じゃ、高津智子は今で言う『未婚の母』だったのね」

「そういうことになるわね。でも、それは本人が選んだ道だったようだわ。結婚しようと思えばできたのに。――たぶん、相手の男の家の方で、何か問題があったらしいの」

「なるほど。父親が誰《だれ》なのかは――」

「言わなかったんです。もちろん、私も、まだ小さくて、よく事情が呑《の》み込めていな

かったから、会いに来てくれたときにも、訊《き》きもしなかったけれど……」

「あの事件のことは？」

「よく憶《おぼ》えていません。ともかく子供だったんですもの。育ててくれていた親戚《しんせき》の人が、私を連れて、この町を出たんです」

羽佐間は、ゆっくりと肯いた。

「そうか。——いや、そう分って嬉《うれ》しいよ」

「今度の一連の事件と、お母さんはどういう関係があるの？」

と、倫子は訊いた。

「誰かが、私のことを知ったのね。たぶん、殺された石山さんという人だと思うわ」

「石山が？」

「あの日、会社へ電話があったんです。『あなたの父親のことでお話がある』と言いました」

倫子は意外そうに、

「父親の？　母親の、じゃなくて？」

「ええ、父親、と言ったわ。そして、自分は羽佐間君の同級生だった、って」

「それで君はどう答えたんだ？」

「お昼休みに会うことにして、約束の場所に行ったんですけど、結局、現われず、午後になって、あの殺人のことを知ったんです」

「すると、なぜ石山は殺されたんだろう?」

羽佐間は首をかしげた。

「それに、どうして、あんな風に貧乏暮《びんぼうぐら》しをしてたのかしら」

と、倫子が言うと、

「そいつは簡単だよ」

と、朝也が即座《そくざ》に言った。「貧乏だったからさ」

「小池君、私は真面目に――」

「真面目だよ、僕だって。人間、誰しもが君のお父さんみたいに金持になれるわけじゃないんだぜ」

羽佐間が、ちょっと笑って、

「こいつは倫子も一本取られたな。石山があんな暮しをしてたのと、この事件が関係あるという証拠はないんだ」

「あ、そうか」

倫子は、肯《うなず》いた。「じゃなぜ殺されたのかしら?」

「そっちは何か関係ありそうだな」

「待ってよ。普通、金持の方が悪い奴《やつ》で、従って殺されることも多い。でも、石山さんの場合は……。どんな理由がある？」

「何かを知ってたからだ」

と、朝也が言った。

「それはつまり――高津智子を殺した犯人を知ってた、ってことね」

「たぶんそうだろう。もしかすると、犯人をゆすっていたのかもしれない」

「可能性あるわね」

と、倫子は、目を輝《かがや》かせた。「石山さんはお父さんに、話そうとして、刺された……」

「犯人は、ずっと石山さんをつけ狙《ねら》っていたんだ」

「でも誰《だれ》が？」

「中山久仁子も怪しい。何しろ拳銃《けんじゅう》を持ってたんだから」

と、朝也が言った。

「私は、秀代さんのことも気になるの」

と、倫子は言った。

「父親を殺したというのか？」

と、羽佐間がびっくりして言った。

倫子が、秀代の話を本当だと信じる根拠《こんきょ》がない、と説明すると、羽佐間は目を見開

いて、

「お前も、ずいぶん回りくどいことを考えるようになったんだな」

「あの人は、ともかく、石山さんが殺されたとき、現場の近くにいたわけだもの」

「そりゃ確かだけど。でも――」

朝也は光江の方を見て、「他《ほか》にも、何かご存知なんじゃないですか?」

と言った。

「どうして?」

「僕らが危いって、どうして考えたんですか?」

光江は、少し考えていた。それから、ゆっくりと首を振って、

「後は、カプセルが掘り出されれば、何もかも分ると思うわ」

と言った。

――しばらく、誰も口をきかなかった。

立ち上ったのは、倫子だった。

「もう朝よ!――さあ、少し眠ろうっと」

と欠伸《あくび》をした。

それで、ホッと緊張がほぐれた。

「それがいい。みんな休もう。――タイム・カプセルを掘り出すときは、ちゃんと起

してやる」

羽佐間の言葉に、倫子は、ちょっといたずらっぽく笑った。

「約束破ったら、お二人の寝室へ、邪魔しに行くからね！」

24 秘密

「——どうだ？」

と、梅川が声をかける。

「まだ、それらしいものは出ません」

下の方から声がした。

「ずいぶん深く埋《う》めたもんだな」

羽佐間が呆《あき》れたように言った。

——よく晴れ上った、静かな午後である。

今、問題のカプセルが取り出されようとしている。掘っているのは、梅川の部下の若い者たちである。

もう、かなりの深さの穴ができていて、まだ、掘り続けられていた。

穴の周囲は、羽佐間を始め、ホテルに泊っていた元同級生たちが、ぐるりと囲んで、タイム・カプセルが出て来るのを待っていた……。

「ドキドキするわね」

と、倫子は言った。

「うん……」

朝也は、何となく元気がない。

「──どうしたの？　寝不足？」

「いや、そんなことないけど……」

と、はっきりしない。

「何なのよ？」

「ちょっと──」

と、朝也は、倫子を促して、他の人たちから離れた。

「どうしたの、一体？」

「君のお父さん、きっと中に何があるか知ってるんじゃないかな」

「ええ？」

「だって、高津智子が殺されたことと、あのタイム・カプセルをつなぐものなんて、何もないんだぜ。そうだろう？」

言われてみればその通りだ。

「つまり、どういうこと？」

「うん……。僕もよくは分らないんだけど——」

と、朝也が言いかけたとき、

「あったぞ！」

と、声が上った。

一斉《いっせい》に歓声が上る。倫子たちも、急いで駆け戻《もど》った。

大きな木箱が、土の下から少しずつ姿を現わした。

「よし！　完全に出て来るまで掘れ！」

梅川の声も、いつになく上ずっているようだ。

後は簡単だった。全体の姿を見せた木箱の下へロープをくぐらせ、引き上げる。

十人近い警官がかかっているのだ。いとも楽々と上って来た。

箱は、そのまま地面に敷《し》かれた大きなビニールの上に置かれた。

「そう腐《くさ》ってないじゃないか」

「この分なら中も大丈夫かな」

といった声が飛ぶ。

「さあ、開けよう」

と羽佐間が明るい声で言った。「我々の三十年前の青春だ。——梅川さん。あなたが開けて下さい」

「いやいや、これはあなたの仕事だ」

と梅川は譲《ゆず》った。

「そうですか。では——」

羽佐間が、箱の方へかがみ込む。——一瞬《いっしゅん》、倫子は、この中に、高津智子の死体が入っているんじゃないか、という、とんでもない思いに捉《とら》えられた。

箱の蓋《ふた》が開いた。——中からは、ボロボロになった本やノート、体操着、といったものが出て来る。

「——これは俺《おれ》のだ！」

「おい、その竹細工！　俺が作って入れたんだ！　懐《なつか》しいなあ！」

次々に声が上り、一つ一つの品物が、並べられて行く。

倫子は、息を呑《の》んで、その様子を見つめていた。もちろん、朝也も、である。

「ひどいものもあるな」

と、羽佐間が言った。「しかし、大体は、何とか原形を留《とど》めてる」

——しばらく、時間が過ぎるのが、遅《おそ》いように感じられた。

「——他《ほか》には？」

と、梅川が訊《き》く。

「あと少しですね」

羽佐間が、さらにいくつかの品物を取り出した。「——これで全部だ」

「全部？」

倫子が思わず言った。「おかしいじゃないの、だって——」

「全部だよ。これで終りだ」

羽佐間は首を振った。「結局、ここには、何も手がかりなんか、隠されていなかったんだな」

倫子は呆然《ぼうぜん》としていた。肩すかしもいいところだ。

でも、おかしい。それならなぜ、人が死んだりしたのか？

あれは単なる偶然《ぐうぜん》だったのだろうか？　でも、そんなことが……。

「そんなはずはない」

と、静かな口調《くちょう》で言ったのは、梅川だった。

「というと？」

羽佐間が梅川を見た。「先生も何か入れたんですか？」

梅川は、ちょっと羽佐間を見て、

「その通り」

と言った。「高津先生を刺したナイフを、ね」

徐々に、周囲が静かになった。やがて、完全な沈黙《ちんもく》。

「――あなたが高津先生を？」

と、羽佐間が訊《き》く。

「その通り。――私と彼女は、この学校へ来る前に、一時期同棲《どうせい》していたことがあったのです」

では、光江の父親というのは……。梅川だったのかもしれない。

「突然、彼女は私の前から姿を消してしまった。そして、この学校へ来て、私は彼女にめぐり合ったんです。――私の恋心は再び燃え上って……しかし、彼女はそれを受けてはくれなかった」

梅川は息をついた。「私はてっきり、彼女が滝田と愛し合っているのだと思って、激しく妬《ねた》みました。あの日、石山に会いに行く前に、私は教室へ行って、彼女を刺し、準備してあった、このカプセルにナイフを入れたのです」

羽佐間は言った。

「どうしてそのことを話したんです？　ナイフがなければ、何の証拠もないのに」

梅川は、ちょっと笑って、

「スッキリさせたかったんだな。今日、ナイフが出て来れば、否定しようもありませんからね」

「ナイフはなかったんですよ」

「いや、却《かえ》って決心がついたんです。黙っていてはいけない。告白するべきだ、とね。

――色々心配をかけて申し訳ない」

梅川は、穏やかに言った。

羽佐間は、肯《うなず》いた。

「それでこそ梅川先生ですよ」

「昔のことです」

「いや、今でもあなたは梅川先生だ」

と、羽佐間は言った。「とっくに殺人は時効ですよ」

「いや、人の心に時効はありません」

と、梅川は言って、「羽佐間さん、本当にナイフはその中に――」

「ありませんでした」

と、羽佐間は言った。

「――どうなってるの?」

と、倫子は父に言った。

もう、ホテルへ戻《もど》っていた。サロンには、梅川も同席していた。

「これはお詫《わ》びしなきゃならんのだが」

と、羽佐間は言った。「このホテルを建てるとき、私はこっそりと、あのタイム・カプセルを、掘り出してみたのです」

「ええ？　じゃ、もう中身を――」

「知っていた。その中には、これがあったし……」

羽佐間が、ポケットから、布にくるんだものを取り出した。

「それは、ナイフでしょう」

と、梅川が言った。

「そうです。ナイフの持主は、頭文字で分った。これを、私は取っておいたんです」

「なぜです？」

と、梅川が訊《き》く。

「あなたが、どうなさるのかな、と思って。――ナイフが出て来なくても、きっと、ああして、告白されるだろう、と思いましたよ。そう期待をしていましたね」

梅川は、穏やかに微笑《ほほえ》んだ。

「ありがとう。――そう言って下さると、気が楽です」

「あなたが、警官になったのは……」

「罪滅ぼしの意味もありました」

と、梅川は肯いた。「せめて、少しは罪を償《つぐな》おうと。――もう一つ、私は、凶器《きょうき》の隠し場所に困って、あのカプセルに入れてしまったのですが、考えてみれば、安全な所とはいえない。三十年たてば開かれるわけです。そのとき、どうしても、そこに立ち会っていたかった」

「途中で掘り出せなかったんですか?」

「一人ではとても……。あなたはどうやって?」

「私は工事の人間を使ったんです」

「なるほど。——私は三十年、待つしかなかった。過ぎてしまえば早いものですよ」

「でも——石山さんを殺したのは誰なの?」

と、倫子が言った。

「さっき連絡がありました」

と、梅川が言った。「娘の秀代が、自首して来たそうです」

「じゃ、秀代さん——実の娘が?」

と、倫子は目を見開いた。

「それは私の責任でもあるんだ」

と、羽佐間が言った。「このナイフが出て来たことを、石山に知られてしまった。このホテルの工事をするとき、石山に頼まれて、私はカプセルを掘り出す仕事を任せてやったのだよ」

「石山は、私をゆすろうとして来たんです」

と、梅川は言った。「秀代さんは、父親を憎んでいたようだ。もともとだらしのない男だったんでしょう。——しかし、脅迫などということだけはやめさせたかった。争っていて、つい刺してしまった……」

「滝田も秀代さんが？」

「石山が、滝田を仲間に入れたんだ。むしろ、石山が滝田にしゃべり、滝田がゆすりを計画したんじゃないかな。——秀代としては、滝田の方も許せなかったわけだ」

「中山久仁子は？」

「石山の愛人だったようだ。もちろん、まともな女じゃない。ピアニストくずれで、滝田ともうまくやっていたらしい。石山が殺されたので、用心のために拳銃《けんじゅう》を買い込んで持っていたんだな」

「秀代さんは、滝田を見張っていて、殺す機会を狙《ねら》っていたのね」

「秀代は、中山久仁子がここにいるのを知って、危険を感じて、自分から身を隠したんだ」

「そうだったの」

と、倫子は肯《うなず》いた。「でも——梅川さんは、これからどうなさるんですか」

「いくら時効とはいえ、署長はやっておられませんな」

と、梅川は笑って言った。

「一つ分らないことがあるんだけど」

と、倫子は言った。

「あのタイム・カプセルの案内状を、当時の同級生の人たちに出したのは誰《だれ》なの?」

「私だよ」

と、羽佐間が言った。

「だってお父さん――」

「私は『やらない』とは言ってない。すぐに分ってはPRとしても面白くあるまい」

羽佐間は涼しい顔で言った。


倫子と朝也は、庭へ出た。

「――これで終った、か」

と、朝也が伸びをした。

「ねえ、あの絵を切り裂いたのは誰なのかしら?」

「たぶん――光江さんじゃないかな」

「お母さん?」

「うん。だって、ほら、絵を見られて、よく似てるってことに気付く人がいるかもしれないじゃないか。君でさえ気付いたんだから」

「そうか」

と肯《うなず》いてから、「――君でさえ、って、それどういう意味よ！」

と、かみつくように言った。

「いや、別に――」

「詳しく説明してもらおうじゃないの！」

倫子は、朝也を林の方へ引っ張って行ったが……。その後、二人の言い争いの声は聞こえなかった。

二人は何をしていたのだろう？――そこはご想像にお任せしておこう。

本書は1997年7月双葉文庫より刊行されました。
なお、本作品はフィクションであり実在の個人・団体などとは一切関係がありません。